개정판

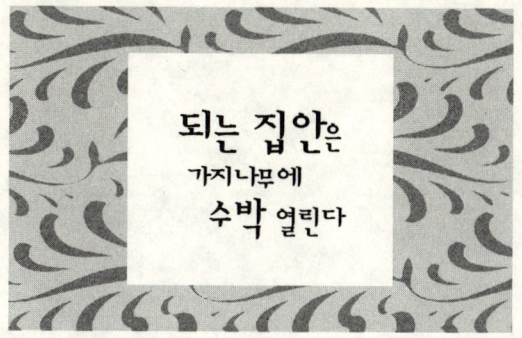

되는 집안은
가지나무에
수박 열린다

우리가 꼭 알아야 할 가정 화목의 지혜

되는 집안은 가지나무에 수박 열린다

최래옥 지음

우리가 꼭 알아야 할 가정 화목의 지혜

제삼기획

되는 집안은 가지나무에 수박 열린다
— 우리가 꼭 알아야 할 가정 화목의 지혜 —

1판 1쇄 인쇄 · 1999년 12월 5일
1판 1쇄 발행 · 1999년 12월 10일

지은이 · 최래옥
펴낸이 · 김춘호
펴낸곳 · 도서출판 제삼기획

등록 · 1988년 4월 15일 제10-216호
122-030 서울시 은평구 대조동 203-31
전화 · 383-2701~2 팩스 · 383-2703
E-mail · je3gh@unitel.co.kr

ISBN 89-7340-079-7 03810

저자와의 협약에 의해 인지 생략
Printed in Korea ⓒ 1999 최래옥

값 7,000원
잘못된 책은 바꾸어 드립니다.

다시, 되는 집안을 꿈꾸면서

　나는 이야기를 좋아하면 가난하게 산다는 말을 1963년 서울대 사범대 국어과 3학년 때 설화전공(說話專攻)에 뜻을 둔 이래로 여러 번 듣고, 그 말은 이전에 세상의 이야기가 너무 재미 있어서 생업을 소홀히 하지 않을까 해서 경계하는 말이라 생각해 왔다.
　지금 세상에는 이야기의 맛을 아는 사람이 차츰 줄어들어서 이야기가 사라져가고 나이가 든 사람은 이야기를 듣고 자라던 옛추억을 그리워하고 있다. 이에 이야기꾼인 나는 '이야기를 좋아하면 가난하게 사는 것이 아니라 이야기로 돈도 벌고 출세도 하고 외국에도 가고 교과서에 글도 실을 수 있을 것이니 그 반대로 생각할 일'이라고 지금껏 주장을 하여왔다.
　돌이켜보니 나의 주장이 그리 틀린 것은 아니었다. 그 동안 나는 초등학교 2학년 교과서에 <임금님 귀는 당나귀 귀>라는 이야기를 썼다.
　또 1980년대와 1990년대에 들어 어른과 초·중·고등학교 학생

들과 청년이 읽을 만한 옛날 이야기책을 16권 냈는데, 그중 인기가 있는 이야기책이 <되는 집안은 가지나무에 수박 열린다>이었다.

고맙게도 그 책이 잘 팔려 나는 처형이 사는 먼먼 남미 아르헨티나에도 갈 수 있었다. 그 나라는 우리 나라하고 기후와 시간 등이 정반대이어서 여기가 낮 12시면 거기는 밤 12시고, 여기가 겨울 추위를 하면 거기는 여름 더위를 한다. 나는 그곳 수도 부에노스아이레스에서 차로 한 시간 거리에 라플라타라는 도시를 찾아가 세계에 있는 6대 공룡박물관(恐龍博物館) 중 하나인 라플라타 공룡박물관을 구경하였다.

그런데 뜻밖에도 나는 거기서 한국인 몇 가족을 만나게 되었다. 나는 반가워서 인사를 자청하고 보니, 그들은 부에노스아이레스에서 옷가게를 하는데 시간을 내서 몇 집이 구경을 왔다고 하여, 나는 서울 한양대에서 밥을 먹고 사는 이야기꾼인데 사실은 책이 잘 팔려서 인세를 받아 여기까지 왔다고 하였다. 잘 생긴 남정네 하나가 물었다.

"그 책 이름이?"

"되는 집안은 가지나무에…"

내 말이 미처 끝나기도 전에 옆 사람이 어린아이처럼 큰 소리로 말했다.

"수박 열린다, 맞지요? 아, 그 저자를 여기서 만나다니, 원 세상에 이런 신기한 일이 다 있을까? 정말 재미있게 읽었거든요. 고국 정취가 물씬 나더라고요. 교수님 고향 근처 함양이 제 고향, 지리산 기슭이라 너무 반가웠어요. 교수님 이름이 최… 교수님이시지요?"

"아이구, 천리 만리 타국에서 저를 알아보시다니요. 정말 정말 반갑습니다."

당시 이 책의 첫 인세로 1천만 원을 받고 무척 황홀했던 기억이 난다. 그때 그 거금을 어떻게 써야 하나 하고 가족과 상의를 하다가 고향 남원 운봉(南原 雲峰)에 계시는 부모님께 드리기로 하였다. 아버지는 아들이 30년 전 이야기로 돈 번다더니 이제서야 네 꿈이 실현되었구나 하고 기뻐하셨다. 나도 모처럼 국문학 해서 효도를 한 것 같아 마음이 뿌듯하였다. 그 뒤에 나온 인세로 헌금도 하고 동생도 좀 주고 딸 혼사에도 보태고 마침내 아르헨티나에도 갔다.

나는 선비인데 책으로 돈 번 이야기를 하자니까 쑥스럽기는 하나 당부를 하노니, 여러분도 이야기로 돈을 버시라.

이 책 제목에 얽힌 재미있는 일이 있다. 친구 하나가, 가지가 풀이지 무슨 나무냐, 가지나무에는 가지가 열리고 수박나무에는 수박이 달리는 것이 정측(正則)인데 어이하여 이렇게 두 가지나 틀리는 내용으로 제목을 정했냐고 질문을 해온 것이다. 나는, "아, 이치나 과학으로나 문법으로 보면 그 말이 옳지. 그런데 이 내용을 보면 옛날부터 내려오는 속담이니까 진리야. 우리 속담이 거짓말하는 것을 보았는가? 그리고 되는 집안에서 기적이 일어나니까 가지에 수박이 열릴 수 있지."라고 하였다.

나는 희망(希望)과 선행(善行)에 따르는 기적을 믿는다. 그리고 행복 중에서 가정(家庭) 행복 이상 가는 것은 없다고 생각한다. 그러면 행복은 어디서 오는가? 부족함이나 불만이 없이 만족하게 살려면 어떻게 하여야 하는가? 나는 우선 우리가 삶에 대해 제대로 알아야 한다고 생각한다. 그러한 면에서 보면 옛부터 우리에게 전해 내려오는 이야기들은 우리의 삶에 있어서 행복과 만족으로 가는 좋은 길잡이가 되어주고 있다. 초·중·고등학교, 대학교, 대학원이 없던 이전 시절에는 이야기가 사람다운 사람을 만드는 조기교육의 역할을 해왔다고 나는 확신한다. 그렇다면 이야기를 듣지 못하고 자라는 지금 세대는 참으로 허전하리라.

나는 이야기 속에 물씬물씬 나와 우리를 황홀하게 하는 조상님이 만들어놓은 상상(想像)을 통하여 세상 모든 것, 삼라만상이 제 질서를 유지한다고 믿는다. 이 복된 세상을 만드는 일을 어이 가벼이 여기랴?

지금 우리는 되는 사람, 되는 집안, 되는 학교, 되는 사회, 되는 나라가 얼마나 그리운지 모른다. 그런가 하면 세계화나 국제화라고 하는 이때 우리 전통 문화가 전보다 더욱 소중하게 느껴지기도 한다. 이러한 분위기 속에서 우리가 이야기를 통하여 저마다 가슴속 깊이 있는 또 하나의 우리, 바로 나를 만나보는 일은 의미가 있겠다.

이번에 제삼기획에서 이 책을 개정판으로 속간하게 되었다. 그동안 책이 절판되어서 찾는 사람들이 많았던 터라 찾는 분네에게 미안한 마음도 들고 해서 약간 손을 보아 다시 인사드린다. 되는 집안을 꿈꾸면서 말이다.

여러분 집안이 다 되는 집안이 되고 가지나무일망정 수박이 주렁주렁 열리기를 바란다.

1999년 11월
수유리 집에서 백운대를 바라보며

되는 집안은 가지나무에
수박 열린다

차 례

첫째 마당

지은이의 말 … 5
홀아버지 장가 보내기 … 15
어머니를 환생시킨 아들 … 21
시아버지의 며느리 사랑 … 25
삼 동서의 연극 … 33
무지개 문안 … 39
형을 감동시킨 꽁보리밥 … 47
삼 남매의 가슴에 새겨진 '하늘 天자 … 53
구두쇠 부자의 서약서 … 62
옥식과 지네 … 69
비밀을 지켜준 시동생 … 74
귀한 자식일수록 초년고생을 시켜라 … 84

둘째 마당

콩밥 숭늉은 바가지에 먹어야 제 맛 … 95
과연 시집가면 딸들은 모두 도둑인가 … 101
소금장수 아버지와 곰보 어머니 … 110
정난과 부모 목각 … 120
네 성이 무엇이냐 … 124
시아버지의 두루마기 … 135
자식은 또 낳으면 되지만 … 140
며느리가 장모 된 사정 … 151
자식은 부모가 가장 잘 아는 법 … 155
효녀 지은의 어머니 봉양 … 163
구대 손을 위한 선조의 예언 … 173

# 셋째 마당

금강산 호랑이를 찾아나선 효자 … 181

지성이와 감천이 … 188

생거 진천이요 사거 용인이라 … 197

숨살이꽃에 얽힌 우애 … 207

제 몸값으로 형님을 풀어주오 … 212

운 좋은 데릴사위 … 219

사람 셋을 살려준 사람만이 차지할 터 … 230

수레멸망 악심꽃 … 236

비상 석 냥이 처방이라니 … 245

열 소경에 한 막대기 … 255

청상과부의 재가 … 259

첫째 마당

귀한 자식일수록 초년 고생을
시키시오. 세 번 죽을 고비를 스스로 넘겨야
자식이오. 자식을 집 안에서만 오냐오냐 기르면
단명하고 무능해지오. 객지에 보내 고생을
시켜야 내 자식이 출세한다오.

홀아버지 장가 보내기

옛날, 어떤 곳에 나이 지긋한 홀아비가 아들 하나를 데리고 신을 삼으며 살았다. 짚으로 신을 삼아서 근근이 먹고 살아가고는 있지만 집에 여자가 없으니 살림이 꼴이 아니었다. 아들이 있어서 서당에 다니며 그저 봉양을 한다고 하지만 아들 할 일이 따로 있고 아내가 할 일이 따로 있으니 원, 그러나저러나 자기 처지에,

"나 장가갈 테니 여자 하나 소개해 주시오."

하지도 못하고 그럭저럭 사는데, 하루는 서당에서 아들이 돌아오더니 대뜸 이렇게 말하는 것이었다.

"아버지, 저 서당에 안 가렵니다. 동무들이 저보고 에미도 없는 자식이라고 흉만 보아대고 분해서 못 살겠어요."

"얘야, 이런 일이 어디 한두 번이냐? 참아라."

"아버지, 참아라 참아라 하는 소리는 이제 이 나이에 통하지 않습니다. 제가 드릴 말씀은 아버지께서 장가를 드시는 것입니다. 저 건넛마을 홀엄씨가 어떠신지요? 그 부잣집."
"애야, 웬 뚱딴지 같은 소리냐? 그렇게 할 수만 있다면 좋겠다만 어디…"
"아버지, 그 좋은 솜씨로 홀엄씨 발에 꼭 맞게 예쁜 신발 하나 삼아주십시오. 그리고 저 하는 일을 기다려보십시오."
이러는구나. 신 삼기가 업(業)인데 여자 신 하나 못 삼을까? 하물며 이상한 마음이 들게 하는 여자의 신이야. 홀엄씨 발이야 직접 만져본 바가 없지만 자기 신세가 홀아비이고, 상대가 홀엄씨니까 평소에 좀 마음 둔 바가 있어서 이리저리 추측한 결과…
"아무개 떡(댁), 아무개 떡, 혼자 사시는 분이라 신발이 좀 뭣하실 것이라고 하시면서, 우리 아버지가 신 한 켤레 삼아주시면서 이놈 한번 신어보시랍디다."
"애야, 너희도 어렵게 사는데 팔아서 돈해 쓰지 그러냐? 그러나저러나 성의가 고마워서 고맙게 신기는 하겠다. 그런데 돈을 어찌하랴?"
"아이구, 다 성의인 걸요, 돈을 받으면 되나요!"
아이가 가고 난 뒤 홀엄씨가 신을 신어보니 딱 들어맞았다. '참 신기하기도 하지. 어찌 내 발 문수를 이리 잘 알고 삼았을까? 곱기는 오죽하고. 마침 신이 뭣했는데 잘되었다. 어디 신고 나가보자.'
"아, 아따 아무개 떡은 신 좋은 것 신었소그려."

"저, 아무 뜻도 없이 아무개 양반이 삼아서 아들한테 보내 이리 신고 다니오."

"아따, 그래요?"

어렵지 않게 신발 연분이 이어진 것을 안 아들이 이제 아무개 떡 집에 자주 놀러가서 심부름도 하고 집 안마당 청소도 해주며 싹싹하게 대하였다. 그리고 아무개 떡이 먹을 것을 해주면 아들은 좋아라 하며, 놀다가 먹다가 자고 가기도 하는 동안 이러저러한 가운데 신발이 다 닳아지니까, 아들이 아버지에게 청하여서 또 솜씨있게 신발 한 켤레를 장만하여 바쳤다.

"아이구, 지난 번에도 고마웠는데 또 삼아서 보내시더냐? 이리 고마울 수가…"

"아버지는 맨날 신 삼기 하시니까 별로 힘들지 않으시대요. 신값 걱정 말고 어서 신으시래요. 있는 솜씨 조금만 시간 내서 성의만 베풀면 된다고 하시면서…"

"성의만? 참 그 성의가 고맙구나. 오늘은 이 떡을 했으니 가져다 드려라."

"예, 이런 때는 아무개 떡(댁)이 꼭 우리 어머니 같더라."

"얘는 별소리를 다 하는구나. 어서 떡 들어라."

이튿날 또 샘에 물 길러 나갔더니 동네 여자들이 신발을 보고 한마디씩 하였다.

"아이구야, 새 신이네. 전번하고 같은 솜씨인데…"

"응, 그 아무개 양반이 뜻도 없이 신을 또 삼아 보내서 이렇게 신고 있소."

"아, 참 잘되었구려. 나도 뜻도 없이 신이 생기면 얼마나 좋을까? 호호호"

이렇게 하여서 여러 날이 지나고 아이는 아무개 떡네 집에 놀러 갔다가 자고 오기도 하였다.

그러던 어느 날 아이는 아버지가 차고 있던 허리끈을 끌러달라고 하였다. 그 옛날에는 쌈지 주머니를 허리에 차서 주렁주렁 매다는 허리끈이 있었다.

그것을 끌러달라더니 갖고서 아무개 떡네 집에 가서 재미있게 이런저런 이야기를 하며 밤늦게까지 놀다가 곤하여서 자는데, 아이는 생각이 있는지라 아침 일찍 일어나서 자기 집으로 가버렸다.

그런데 그날이 무명 품앗이를 하는 날이었다. 물레를 차려놓고 동네 여자들이 이 집에 모여서 모듬일을 하였다. 대정사(大政事)라 아침이 되니까 여자들이 다 몰려들었다.

늦잠을 잔 주인 홀엄씨는 밥 지으랴, 방 치우랴, 이웃 맞으랴, 일감 벌이랴 정신이 없었다. '엊저녁따라 어찌나 아이가 구수하게 이야기를 잘하던지 그만 늦잠을 잔 것이 이리 아침이 바쁘네그려. 아, 참 바쁘다 바빠.' 우선 이불을 뭉텅뭉텅 싸서 벽장에 올려놓고 대충대충 방을 치우고서 이제 동네 사람과 무명을 따고 물레를 잡고 있는데, 신발장수네 아들이 탈레탈레 오더니 불쑥 한다는 말이 무엇이냐? 느닷없이 허리끈이었다.

"우리 아버지가 허리끈 빠뜨렸다고 가져오래요."
"아니, 허리끈이라니? 네 아버지가 언제 여기에 오셨다고?"

"아이구, 별소리를 다 하시네요. 아무려면 허리끈 말이 괜히 나왔을라고요?"

"그럼, 네 아버지가 여기서 간밤에 자고 갔다는 말이냐?"

"그러니까 허리끈이지요. 자, 저 이불 좀 봅시다.(이불을 벽장에서 내려서 헤치더니) 여기 있지 않습니까?"

"아이구, 이럴 수가? 이럴 수가?"

이렇게 홀엄씨가 놀라 자빠지는데 동네 여자들 하는 소리 좀 보라지.

"어쩐지 신 삼아 줄 때부터 알아보았다고, 공짜가 어디 있어? 필유곡절이지 뭐."

이러니 홀엄씨가 사색이 다 됐다. 오늘 품앗이 안한다, 작파(作罷)하겠다고 하면서 동네 여자들 다 보내버리더니 머리를 싸매고 누워버렸다.

이때 이 원망스러운 아이가 오더니, 신 삼아준 것은 사실이나 자고 간 것은 사실이 아니라는 것을 동네에 알리겠으니 떡을 좀 해달라고 하였다. 동네 사람에게 떡을 주면서 애매한 것, 남 놀림을 다 벗겨드리겠다는 것이다. 그렇다면 떡이 문제랴? 불행 중 다행이라서 떡을 해주었더니 이 아이가 샘에 가서 이 사람 저 사람들에게 떡을 나누어주면서,

"다 알면서 그러십니까? 우리 아버지와 아무개 떡하고 연분 맺을 떡이지요. 헤헤헤, 축하해 주십시오."

했다. 이러니 얼마 있다가 동네방네 사람들이 다 홀엄씨에게 몰려와서 하는 말이,

"잘했네, 잘했어. 암, 잘했지. 혼자 살 것이 뭐 있다고? 다

혼자 몸인데 그 신장수 영감이 딱 어울리지 뭐. 혼자 살면 뭐해? 우리 모두 축하해."
하는 것이 아닌가? 아무개 떡이 얼굴을 붉히며 억울하여 손을 내젓고 한마디하지만 누가 들어주어야지. 일이 그리 되어버렸다고 하더라. 그 후 이런 아이가 어찌 양친에게 효도하지 않으리? 허허허. 참 별일도 다 있다니까.

어머니를 환생시킨 아들

옛날 한 마을에 병든 홀어머니를 모시고 사는 형제가 있었다. 한 번은 어머니가 위독해서 곧 돌아가시게 생겼다. 형은 초상을 치를 준비를 해야 할 상황이었다. 그래서 동생을 불러서 이것저것 준비하고 연락을 하라고 할 참인데, 이 동생은 신발을 단단히 매고 있었다.

"이놈아, 어머니가 지금 운명을 하실 다급한 상황인데 너는 지금 어디 나들이라도 할 셈이냐? 마실이라도 갈 셈이냐? 지금 왜 신발을 동여매고 있느냐?"

"형님, 조금만 기다려주십시오."

"이놈, 이런 상황에 너를 기다리라는 말이냐? 돌아가실 어머니께 돌아가시지 말고 기다려달라는 말이냐?"

"아니, 무조건 좀 기다려주십시오."

이때 어머니가 숨이 넘어갈 것 같으니 어서 방으로 들어오라는 식구의 말이 있었다. 형은 즉시 방안으로 뛰어들어갔다.

그런데 이러한 상황에서 동생은 신발을 신은 채라도 방안으로 뛰어들어가야 옳거늘 대문 밖으로 뛰어나가 사정없이 달려가는 것이었다. 그 누가 붙들 사람도 없었지만 붙든다고 하더라도 붙잡힐 그런 느린 걸음이 아니었다.

도대체 어디를 가는가?

무엇을 보고 달려가는가?

마치 무엇인가를 잡으러 달려가는 것 같았다.

동생은 동네 저쪽으로 달려갔는데 그곳에서는 암캐와 수캐가 교미를 하고 있었다.

동생은 무슨 억하심정이 있는지 이 개들을 발로 냅다 차버렸다. 고약한 일이 아닐 수 없었다.

그러더니 또 어디론가 달려갔다. 한참을 달려가는데, 아, 거기에서도 암캐와 수캐가 교미를 하고 있는 게 아닌가? 그러니까 동생이 또 사정없이 달려들어 발길질을 하는 것이 아닌가? 이 동생은 실로 고약하기 짝이 없었다.

그러더니 또 어디론가 달려갔다. 들판으로 달려갔다. 땀을 뻘뻘 흘리고 헐떡헐떡 숨을 쉬면서 길이든 길이 아니든 간에 따질 것 없이 마냥 달려갔다.

도대체 왜 이러는 것일까? 어머니가 돌아가시자 충격을 받아 실성(失性)이라도 한 것인가? 하지만 다행히도 동생의 이런 미친 행동거지를 본 사람은 아무도 없었다. 그런데 그가 달려간 그곳에서도 사건이 있었으니 암소와 수소가 막 교미를 하는 순간이었던 것이다. 동생은 또 사정없이 몽둥이로 소들을 후려팼다. 소는 교미시간이 극히 짧다. 순식간에 끝나버린다. 그런 짧은 시간인데도 동생이 기어이 떨어지게 해버리는 것이었다. 그러니까 동물의 혼사 방해가 벌써 세 번째였다. 두 소가 놀라서 떨어지는 것을 보고 동생은 또 달리기 시작하였다. 저 산밑 산지기의 집이 있는 곳으로 달려갔다.

벌써 해가 어둑어둑해졌다. 그러니까 동생은 하루 종일을 달린 것이다. 이 밤중까지 달리고 달린 것이다. 숨을 몰아쉴 겨를도 없이 미친 듯이 뛰었다. 도대체 왜 그랬을까?

드디어 산지기의 집에 당도한 동생은 방안에 차마 뛰어들지는 못하고 창 밖에 서 있었다. 이윽고 도란도란 이야기를 하던 산지기 내외가 불을 끄고 자려고 하는지라, 그는 고개를 끄덕이면서 이제야 천천히 걸어서 지친 몸을 이끌고 집으로 돌아왔다. 새벽녘이었다.

"이놈아, 어머님이 돌아가셨는데 너는 어니를 그렇게 싸질러 다니느냐? 어디를 다녔기에 옷이 이리 찢어지고 살갗이 터졌느냐? 왜 머리는 봉두난발이냐? 그런 꼴에 어머니가 돌아가신 것 생각하면 울어도 부족한데 왜 희죽희죽 웃고 앉았느냐?"

이렇게 형이 단단히 나무랐다. 어머니가 임종하실 줄 번연히 알면서 어디 산야(山野)를 누비고 다녔느냐는 말이었다. 언즉시야(言卽是也)라. 동생은 할 말이 없었다. 그저 잘못했다고만 하였다. 그 뒤로는 동생에게 별 문제가 없었고 형도 더 이상 나무라지 아니하였다.

동생은 그 후로도 이 산지기 내외를 그냥 지나가다가 들른 것같이 찾아가서 친구로 삼고 때로는 몸에 좋다는 것을 갖다 주기도 하였다. 왜 이러는 것일까? 그러는 동안 산지기 아내의 배가 불러오고 있었다. 대여섯, 일고여덟 달, 아홉 달, 열 달. 드디어 산지기 아내는 딸을 낳았다. 이 동생은 숯을 매단 금줄을 보고서 미소를 지었다. 그리고 이내 미역과 쌀을 갖다가 산지기 아내에게 주었다.

"번번히 고맙구려!"

애기 아버지가 된 산지기가 이리 말하자 동생이 미소를 지으면서,

"우리가 일 년 전부터 친구가 되어서 이리 친하게 지내는데, 그런 자네가 딸을 얻었는데 내가 어찌 미역 한 가닥으로 축하를 아니할 수 있겠는가?"

하고 말하였다.

그 뒤로 동생은 자주 이 갓난아이를 보러 갔고 돌 때는 또 축하를 해주었다. 그래서 그런지 아이는 동생을 보면 아주 좋아하는 것이 아닌가?

"인도환생하기가 그리 쉬운가?"

그는 나중에 형에게 이 내력을 다 이야기하였던 것이다.

시아버지의 며느리 사랑

옛날에 어떤 사람이 아들을 내리 셋을 두었다. 이러기도 쉽지 않다. 아예 아들을 못 둔 사람이 얼마나 많은가.

그런데 세 아들을 무 뽑듯이 두었다니까 이런 행운이 어디 있는가 말이다.

아들이 다 잘 커서 장가를 들였다. 며느리는 얼마나 좋았던고? 여러 아들 잘 길러서 며느리 여럿 보고, 이제 손자를 슬하에 두는 재미, 이 재미가 사람이 사는 재미가 아니던가?

더군다나 이 집은 부자였다. 살림이 택택하여서 남부러울 것이 없었다. 그러니 재산 있겠다, 자식 셋 있겠다, 두 내외양주(內外兩主) 건강하겠다, 실인심(失人心)한 것 없겠다, 그냥 사는 재미가 물 묻은 바가지에 깨 붙듯이 가득가득하였던 것이다.

그런데 사람 사는 것이 그것이 아니구나!

큰아들이 털컥 죽었다.

둘째 아들이 덜컥 죽었다.

셋째 아들이 덜컥 죽었다.

아, 화불단행(禍不單行)이라더니, 이 무슨 불행이 내리 있더란 말인가? 청춘과부 며느리가 순식간에 셋이나 생겨버렸구나. 이렇게 죽을 양이면 자식들을 장가 보내지 않았을 것인데 사람이 한치 앞을 볼 수가 있는가 말이다.

내 자식은 이왕 제 명이 짧아서 이리 내리 갔다지만 앞날이 구만리 같은 이 청춘과부들은 어쩌란 말인가? 죽은 자식이 슬프고, 산 며느리가 불쌍해… 그래서 그만 그 시어머니도 울화병이 나서 덜컥 죽고 말았구나.

허허허, 홀시아버지에 청상의 세 며느리로다! 이를 어찌할거나! 아 정말로 어찌할거나. 시아버지는 그런 와중에서도 정신을 가다듬었다.

'내 팔자는 이렇게 기구하다지만 저 젊은 며느리 셋, 내 딸같이 예쁘고 소중한 며느리를 더 이상 기구하게 만들 수가 없구나. 아무래도 도리가 없다. 보내야겠구나.'

이런 작심(作心)을 하였다.

하루는 시아버지가 세 며느리에게 화를 냈다.

"나 밥을 안 먹겠다!"

"아버님, 왜 그러십니까?"

"네가 잘못했으니까 그러지."

"예? 제가 무엇을 잘못하여서 이리 노여우신지요?"

"내가 일일이 네 잘못을 말해야 되겠느냐? 척하면 알 일이지."

"예, 제가 잘못했습니다. 그러니 어서 진지를 드시어요."

"안 먹는다. 난 굶어서 죽을 것이다."

"아버님 어서 진지를 드세요. 혼자 계신 아버님의 건강을 지키셔야지요."

"큰며느리가 불효를 하는데 내가 먹고 산들 무슨 소용이냐? 그만두어라."

이리하여서 시아버지는 화를 내면서 내리 사흘을 굶었다. 단식을 한 것이다. 큰며느리, 둘째 며느리, 셋째 며느리가 다 전전긍긍이었다. 도대체 우리가 무엇을 잘못했다는 말인가?

"이 불효한 것들아, 나보고 밥 먹으라고 조를 것이 아니라 너희가 효도를 하면 될 것이 아니냐?"

"예, 효도를 하겠습니다. 무슨 명령이든지 내려주세요. 죽으라면 죽는 시늉까지 하겠습니다."

"음, 정말로 내가 시키는 대로 하렷다!"

"예, 어서 말씀하소서. 벌써 삼일째 굶으셨습니다. 아버님 건강이 심히 걱정이 됩니다."

"음, 내 걱정을 다 하고 이 불효막심한 것들아."

"예, 저희가 오죽 불효하면 아버님께서 이리 진노를 하시겠습니까? 그저 저희들이 다 잘못했습니다."

"아, 도대체 너희가 나에게 불효하고 잘못한 것이 무엇이냐?"

"…"

"도대체 너희가 애걸하는 이유가 무엇이냐?"
"…"

사실 며느리들은 아무런 영문도 모르고 이렇게 역정이 나서 굶고 계시는 홀시아버지의 비위를 맞추고 있는 것이었다.

"내가 너희들의 불효막심을 가르쳐주랴?"
"예, 아직 나이가 어려서 모르고 있습니다."
"내 말을 안 들으니까 불효가 아니냐?"
"예, 그러나 들으려고는 하였나이다."
"아니, 안 들으니까 불효가 아니냐?"
"안 듣다니요? 말씀도 안하시고서 지레 판단을 하시어 저희를 불효자라고 하오니 답답합니다. 아버님, 무슨 말씀이든지 저희 셋은 듣겠습니다. 모시겠습니다!"
"아니다. 말을 안할 것이다. 분명 너희가 따르지 아니할 것이니까."
"아버님, 따르겠습니다. 순종을 하겠습니다. 그러니 어서 말씀하소서. 이 집안에 웃어른은 아버님 한 분이신데 어찌 저희가 며느리 자식으로서 거역하오리까? 어서 말씀을 하소서."

그러자 시아버지는 퀭한 눈에 눈물이 글썽이면서 말하였다.
"너희들 시집을 가거라!"
"예?"
"팔자를 고쳐라. 발길을 돌려라."
"예? 그것이 무슨 말씀이십니까? 저희는 이 집에서 한 발자국도 안 나갑니다. 아버님을 모시고 살겠습니다."
"남편도 자식도 없다. 무엇을 보고 살려느냐? 나는 혼자 객지에서 비럭질(거지질)을 해서라도 밥은 먹고 살 것이니 내 걱정은 말고 너희는 아직 청춘이니, 핏기가 있을 때 행복을 찾아 발길을 돌려라. 아, 돌려다오. 내 딸 같은 내 며느리들아, 이런 말을 하는 나의 가슴이 메이는구나."
"아버님, 저희는 다 팔자로 알고 여기서 살겠습니다."
"음, 이것이 불효가 아니고 무엇이냐? 그래서 나는 노엽다. 그래서 다시 굶으련다. 어서 이 밥상을 치워라! 그리고 문을 닫아라!"
하루가 갔다.
이틀이 갔다.
사흘이 갔다.
"아버님 진지 잡수세요. 이러다가 돌아가시겠습니다."
"그래, 나는 불효한 며느리들 때문에 죽는다. 그것이 너희들의 소원이 아니더냐?"
"아버님, 그러시면 안됩니다. 저희들 소원은 아버님이 진지를 잡수시고 건강하게 오래도록 사시는 것입니다."
"그렇다면 제발 시집을 가다오."
"그렇게는 못하겠습니다."
"그렇다면 나는 굶어죽겠다. 어서 이 밥상을 물려라. 당장!"
"아, 아버님."
그리고 다시 사흘이 지나갔다. 이제 시아버지는 진짜로 죽게 생겼다. 실로 큰일이었다.
"아버님 진지 잡수세요. 제발!"
"그럼 시집을 갈 테냐?"

"저…"

"그러면 나 이제 죽는다."

"아, 가겠습니다. 그러니 어서 잡수세요."

"오냐, 나를 살리려면 개가를 해다오. 내 며느리들아 내 딸들아 고맙구나. 이제 밥을 먹으마."

세 며느리는 울고 있었다. 병색이 완연한 시아버지는 웃고 있는 것 같으나 과연 웃는 것인가?

며칠 후 기운을 차린 시아버지가 출타를 하였다.

"내가 나가면 며칠이 될지 모르겠다. 열흘이 될지, 보름이 될지, 한 달이 될지, 석 달이 될지… 하여간 내가 오면 다행인 줄 알고 소 잡고 돼지 잡고 술 내어 우리 큰 잔치를 벌이자꾸나!"

"예, 아버님이 무사하게 귀가하시면 잔치를 해야지요. 우리 재산이 있는데요."

이런 약표를 하고 시아버지가 집을 나섰다. 그 동안 며느리들은 집을 잘 지키고 있었다.

한 달이나 되었을까, 과연 시아버지는 무사하게 희색이 만안(滿顏)으로 돌아왔다. 즉시 소를 잡고 돼지를 잡고 술을 빚었다. 며칠 후 동네 사람들을 다 불러서 잔치를 하기로 하였다. 며느리들도 부지런히 준비를 하였다. 그런데 그날 아침 시아버지가 세 며느리에게 말하였다.

"이 원삼 족두리를 입고 써라. 오늘 너희들 신랑감 셋이 오느니라. 오늘이 행례(行禮) 날이니라. 오늘 저녁 신방을 차려라. 나는 그 동안 너희들 배필감을 고르고 다녔느니라. 다 살기는 어려우나 심덕(心德)은 무난한 건강한 젊은이들이니라. 큰애는 위에 논 삼백 석지기, 작은 애는 가운데 들 삼백 석지기, 셋째 애는 앞에 골 삼백 석지기를 갖고 살아라. 다 가지고 나가서 금실좋게 살아라. 이만하면 너희는 살 것이다. 나는 여기 이 집하고 남은 논으로 살겠다. 논둑을 베고 자든 밭둑을 베고 자든 나 혼자 뭘 못 살겠느냐!"

"아, 아버님!"

몇 해가 흘렀다. 시아버지는 세 며느리와 그들의 신랑인 움아들 셋이 너무 극진하게 위하는 것이 싫어서 방랑의 길로 들어섰다. 동가식 서가숙. 팔풍(八風)을 이불삼고 문전(門前) 개에게 짖기면서 정처없는 나그네 길. 그러던 어느 날 주막집에서,

"아무개야!"

하고 자기를 부르누나. 누군가? 누가 자기 이름을 부르나? 보니까 키가 큰 장승 같은 자가 나타나서 부르는구나.

"니 아무개 이니냐! 저 건너 불이 환한 집에 가서 무조건 딸을 달라고 너를 사위삼으라고 해라. 세 번, 네 번, 다섯 번…"

"아니 내 나이가 있는데, 당신은 누구요?"

"내 신분은 묻지 말고 어서 가서 그 집 사위가 되어라. 내가 도와주마!"

시아버지는 그 집에 가서 미친놈 소리를 들으면서 매를 맞고 말았다. 사위가 되기는커녕 골병들어 병신이 될 지경이었다.

이런 때 장승 괴인이 그 집에 나타나,

"나는 옥황상제의 사신이다. 저 사람을 사위로 맞아라. 그리 안하면 멸문가화를 당하리라!"
하지 않는가? 실로 이상한 혼사, 첫날밤이 이 시아버지에게도 있었다. 장승 괴인은 혼사를 다 성사시킨 후 떠나며 말했다.
"너의 세 며느리, 세 움아들이 잘되게 해달라고, 시아버지도 장가들어 아들 셋, 그러니까 시동생을 셋 보게 해달라고 매일 저녁 시끄럽게 빌어대며 먹으라고 음식을 바치니 할 수 있나? 너를 장가보내야 그것들에게 보답을 하지. 이제 새장가 들었으니 한 번 찾아가 보아라."
그 뒤 이 시아버지, 아들 셋을 낳은 것은 물론이다.

삼 동서의 연극

옛날, 한 마을에 삼 형제가 살았다. 남의 집 형제도 그렇겠지만 이 형제는 어찌나 우애가 좋은지 이웃 마을까지 소문이 날 정도였다.
그런데 이 삼 형제가 받는 칭송을 못마땅하게 여기는 세 여인이 있었으니, 그녀들은 누구일까? 바로 이 삼 형제의 아내들이었다. 삼 동서는 듣다듣다 못해서 한 번은 제삿날 모여서 이런 말을 하였다.
"남편이 우애가 있다는 것은 감탄할 만해. 그러나 남편만 잘해서 형제간에 우애가 되는가 말이야!"
"실로 어리석은 남편들이야. 안에서 잘해야 바깥에서 낯을 낸다는 것을 전혀 모르니까 말이야."
"이전 말에 남의 집 식구가 잘 들어와야 그 집이 구순하다 (화목하다) 했는데, 세 며느리들의 공로는 어디 가고 세 아들만 그리 낯을 내니 말이야."

이런 불평인지 비웃음인지를 하던 삼 동서가, 남자들을 어찌 가르칠 것인가에 대해 궁리하기 시작하였다. 어리석은 남자들이여! 그대의 아내들이 모여서 모의를 하고 있는 줄도 모르고 여전히 사랑방에서 우애 있는 우리 삼 형제만 외치고 있으면 어찌 되느냐 말이다.

며칠이 흘렀다.

부모가 우애가 좋고 한동네에서 왕래를 잘하니까 자연히 사촌인 세 집 아이들도 이 집에 갔다가, 저 집에 갔다가, 어지러울 정도로 몰려다니며 들락거렸다.

조용히 살기를 좋아하는 사람은 정신이 없다, 수선스럽다, 어지럽다, 혼이 빠진다는 등등 별의별 말을 다 할 것이다. 그러나 이 세 집은 전혀 그런 법이 없었으니, 조카는 바로 자기 자식이나 다름이 없었던 것이다. 입히고, 먹이고, 재우는 것이 하등 차등이 없었던 것이다. 그러니 이 얼마나 아름다운 가문인가?

큰집에서 떡을 하였다. 아이들이 좋아라 하면서 떡을 가지고 둘째네 집과 셋째네 집에 가서 떡을 먹었다고 자랑을 하고 사촌끼리 나누어 먹었다. 그런데 이상한 것은 아이들이 떡을 가져와 나누어 먹기 전에 어른한테 떡을 했다고 먼저 보내지 않는 것이었다. 형님은 언제나 윗사람답게 사랑을 먼저 보냈지 않았는가?

둘째가 생각을 했다.

'음, 형님댁에서 떡을 하셨으면 보냈을 것인데, 이상하다?'

셋째도 마찬가지였다.
'아이들보다 먼저 떡을 보낼 터인데, 이상하다?'
그 이튿날인가, 이번에는 둘째네 아이들이 떡을 들고 큰집에 놀러왔다.
"너희 집에서 떡 했냐?"
"예, 많이 했어요."
"그래?"
그러면서 큰집에서는 이상하다, 왜 떡을 안 보내나? 둘째든 셋째든 동생네가 떡을 하거나 고기를 하거나 색다른 것을 하면 꼭 형님 대접을 하지 않았던가? 형은 자못 섭섭하였다.
그런데 이 섭섭이라는 두 글자가 이번에는 셋째네 집에도 있었다.
"둘째 형님네 집에서 떡을 했나보지?"
셋째가 아내에게 물었다.
"뭐, 했나보죠. 둘째네 아이들이 저리 떡을 들고 다니는 것을 보니까."
"그런데 왜 어른들에게는 안 보내지?"
"그야 압니까? 이제 우리는 안중에도 없나봐요."
"원 쓸데없는 소리. 우리 둘째 형님네가 그리 무정한 사람이 아니야!"
"글쎄요, 첫째 형네도 지난번 떡을 해 잡수셨는데, 그런데도 뭐 우리한테 보내줍디까? 위로 두 형님네가 마음이 변했나봐요."
"원, 별소리를 다 하네. 우리 삼 형제는 우애가 돈독하기로 제일이야. 이까짓 떡 하나 보내지 아니했기로서니 괘념할 것이 있는가?"

며칠 후, 이번에는 셋째네 아이가 떡을 들고 다니면서 큰집과 둘째집에 나타났다.

"너희 집에서 떡 했나?"

"예, 많이 했어요."

"음, 그래?"

이런 말이 큰집과 둘째 집에서 있었다.

"바빠서 그렇겠지, 조금 있다가 보내겠지."

그런데 남정네들이 일일이 떡 하는 것을 아는가. 안에서 떡을 하고 형제에게 싸 보내는 줄로 아는데, 어찌 되었건 요즘은 떡을 해도 보내는 법이 없었다. 그러니 아이들이 떡을 들고 나타나는 것도 예쁘지 아니했다. 그래서인지 눈치가 빠른 아이들도 이제 떡을 해도 집 바깥으로 나가지 않고 집 안에서 다 먹고 나서 맨입으로 바깥에 나가서 놀았다. 그렇게 자기네들끼리 집에서 떡을 먹었으면서도 사촌네 집에서 방문을 걸어 잠그고 쉬쉬하면서 몰래 떡을 먹는 건 속이 상했다.

"큰집이 변했다. 윗사람답지 아니하다, 지금은."

"둘째네가 전하고 다르다. 무슨 섭섭한 일이 있었던가보다."

"셋째가 이상하다. 예의가 없다."

이런 말들이 이제 집집에서 나왔다.

"오냐. 너희끼리 잘 해먹어라. 내가 뭐 못 얻어먹어서 몸살 나나?"

"아쉬울 것 없다. 내 것 내가 먹으면 되지 뭐."

"그럴 줄 몰랐다. 그리 우애가 있다고 하더니…"
이렇게 악화가 되었다. 아이들도 수난이었다.
"둘째와 셋째네 집에 가서 떡 먹었다는 소리 하지 마라."
"큰집과 둘째네 집에 가지 마라…"
이제 그냥 토라졌다고 하기에는 너무 나빠져서 발걸음을 싹 끊어버렸다. 그러니까 서로 괴롭고, 없던 병이 생기고, 이웃이나 먼데 사람도 손가락질을 하였다. 전에는 안 보는 데서 비웃더니 이제는 내놓고,
"우애 없는 삼 형제."
라고 하는 것이었다. 위신이 없게 되었다. 한동네 사는 삼 형제니까 길거리에서 부딪치는 일이 있는데 그때도 소 닭 보듯 닭 소 보듯하였던 것이다.
그런 우울한 날이 계속 되던 어느 날 드디어 맏동서가 입을 열었다.
"다 모여라. 남지도 여자도 다 모여라. 오늘 큰 잔치를 하련다! 안 오면 혼을 내주겠다. 중대한 말을 할 것이다."
처음에는 안 가겠다고 하던 둘째와 셋째네 식구들이 다 큰 집에 모이자, 맏동서가 일장 연설을 했다.
"우리 남편들, 의 좋다던 삼 형제분들은 들으시오. 그래, 떡 한두 번 안 주었다고 그리 토라지고 섭섭하고 이리 왕래를 끊는다는 말이오. 우애가 있다고 동네방네 소문을 내더니 이제는 우애가 없다고 동네방네 손가락질을 받더군요. 이번 일을 보더라도 남자는 우애를 말할 자격이 없지 않습니까? 사실은 그 동안 우리 세 동서가 연극을 하였던 것입니다. 실험을 한

결과 여자가 우애를 만들기도 하고 깨기도 하는 중요한 구실을 한다는 것이 확인되었습니다. 하지만 그 상처가 너무 큽니다. 사촌끼리 서먹서먹해지고 삼 형제가 병이 나고, 이제 사람들한테서 경멸을 받을 지경인지라, 이 연극과 실험을 중지합니다. 여자들이 얼마나 무섭고 중요한지를 아셨습니까?"

"다시 말하지만, 남자들의 우애는 여자에게 달렸습니다!"

"허참, 남자 교육치고는 너무 무서운 교육이구려!"

오늘의 남자들. 여자 말을 안 듣는 남자가 어디 있는가? 베갯머리 송사라, 부탁하노니 여자 동서끼리 계속 화목을 이루시고, 바라노니 여자를 빼고 우애를 그리 자랑 마시구려!

무지개 문안

황해도 연안(延安) 땅. 남쪽으로 나진포(羅津浦) 가는 길 옆에 이창매(李昌梅)라는 사람의 효자비가 있다.

지금으로부터 이백년 전 황해도 연백 땅에 이창매라는 관노('官奴)가 있었다. 그는 신분이 신분인 만큼 천역(賤役)을 하였지만 늘상 '내가 비록 종의 신분일망정 부모 자식 사이의 효도를 어찌 등한시할 것인가?'라는 생각을 했다. 효자의 길, 그 길이 가난하고 신분이 낮은 그에게는 쉬운 일이 아니었지만, 그 누구보다도 효자 노릇을 충실히 하였다. 누구에게 잘 보이려고 하는 것이 아니고 칭찬이나 상을 받으려고 하는 것도 더더욱 아니었지만 그를 두고 주변에서는 칭송이 자자했다.

"효도의 비결이 있겠습니까? 부모님이 하라는 일에 대해 그저 순종하고 따를 뿐입니다. 잘살거나 못살거나 부모님의 마음을 흡족하게 해드리기만 하면 되는 것 아니겠습니까?"
 그는 효도의 비결을 묻는 사람에게 늘상 이렇게 말하였다.
 하루는 병들어 누워 있는 그의 부친이,
 "갑자기 생선이 먹고 싶구나!"
하자, 그는 집에서 삼십 리쯤 떨어진 바닷가로 즉시 달려갔다.
 "이 선창가에는 고기가 없소이다. 저기 한 삼 마장 가량 떨어진 섬에 고기가 있는데, 곧 밀물이 들이닥칠 때라서 위험하다오!"
 "아, 그렇다면 즉시 사러 가겠습니다."
 "그렇지만 물이 들어오기 시작하는데요."
 "그래도 한시가 급합니다."
 "그러다가 죽기라도 하면 도리어 불효가 아닙니까?"
 "당장 부모님이 돌아가실 지경인데 한가롭게 효, 불효를 따질 수가 있습니까? 지금 당장 저 섬으로 달려가겠소이다."
 "안돼오. 그러다가 당신도 죽고 당신 부친도 죽어 만약 쌍초상이 난다면 당신의 모친이나 아내도 따라 죽는다고 할 것이니 제발 가지 마시오."
 "왜 죽는 쪽으로만 생각을 하십니까? 사는 쪽도 생각해야지요. 나를 붙잡으려는 당신의 마음은 알겠으나, 이 물이 다시 빠지기를 언제까지 기다린다는 말입니까? 아버님의 목숨이 촌각을 다투고 있는데…"
 결국 사람들은 막무가내로 가겠다고 고집을 피우는 이 효자를 더 이상 말릴 수가 없었다.

"정, 가시려면 가시구려. 물이 밀려들거나 말거나. 그렇지만 그 동안 우리는 무척 가슴을 졸이겠구려."

효자는 물이 두렵지도 않은 듯 앞으로 앞으로 물을 향해 나아갔다. 그러자 놀랍게도 물이 갈라지기 시작했다.

"앗, 물이 갈라진다!"

"바다 한가운데 길이 났다!"

"효감천(孝感天)이라더니 효가 물을 감동시키는구나!"

"출천지효자(出天之孝子)라더니 효가 물을 감동시키는구나!"

믿기지 않는 광경에 여기저기에서 찬사가 쏟아졌다. 남들이야 그러거나 말거나 효자는 계속해서 앞으로 앞으로 나아갔다.

빠져 죽지도 아니하고 물 한 방울 몸에 적시지 아니하고 고기를 파는 섬에 도착하자 그곳에 있던 사람들도 감탄을 하였다.

"효자시여, 고기는 그냥 가져가십시오."

"아니외다. 부모님의 병환을 치료하고자 하는 지식으로서 어찌 그냥 값 없이 고기를 가져가리까? 여러분이 이 고기 한 마리를 잡기 위해 얼마나 많은 고초를 겪으시는데, 그냥 가져갑니까? 돈은 당연히 드려야 하고 고기가 있다는 사실에 오히려 감사할 뿐입니다. 이것은 여러분의 노고 덕분이니까 제대로 고기값을 받으십시오."

"아무나 효자가 되는 것이 아니구나. 이런 마음자리가 먼저 있어야 효자가 되는구나. 자기 부친께 하는 지성이나 우리에게 베푸는 인정이나 다 순수하구나."

이러한 사람들의 칭찬을 뒤로 하고서 그는 서둘러 집으로 향하였다. 그러자 신기하게도 바닷물이 다시 갈라지는 것이 아닌가?

한 번은 관노의 신분으로 그가 고을 부사를 따라 지방을 순찰하고 돌아오는 길에, 연안읍 남문(南門) 밖 근처에 이르렀을 때 아무 말도 하지 아니하고 슬그머니 대열을 벗어났다.
"아니, 저놈이 도망을 간다!"
사람들이 소리쳤으나 그는 마냥 앞으로 달려가기만 했다.
"굳이 도망갈 이유가 없는 이창매가 왜 저리 무례하게 굴까?"
이렇게 눈치고 보는 사람도 있었다. 그렇지만 부사는 매우 노여워서 즉시 부하를 시켜 잡아오도록 하려는데, 멀리서 보니 이창매가 어떤 집으로 달려들어가는 것이었다.
그 집에는 한 여자가 서 있었다. 이창매는 그 여자에게 다가가서 귓엣말을 하였다. 멀리서 보니까 얼굴을 맞대고 입을 맞추는 것처럼 보였다. 남녀가 유별하거늘 이 벌건 대낮에 외간 여자와 머리를 맞대다니, 효자라고 소문난 놈이 저럴 수가 있는가, 도망간 죄에다가 음탕한 죄까지 덧붙여 엄벌에 처해야 할 나쁜 놈이었다. 그 순간, 저것을 보게나, 이번에는 그 여자의 등을 톡톡, 토닥토닥 두드리기까지 하누나. 저리 정답게 등을 두드리다니 이런 이런, 우선 쫓아가서 잡아오지 아니하여도 되어서 내버려두었다. 그런데 이번에는 이창매가 제발로 걸어서 부사가 있는 쪽으로 돌아오는 것이었다.
"음, 제발로 벌 받으러 오는군. 도망을 가려면 멀리 멀리 가지 아니하고서. 하여간 저놈을 잡아서 심문을 하여라!"
 노발대발한 부사가 호통을 치니까 이창매가 이렇게 대답을 하였다.
 "저 집이 우리 집입니다. 누구나 그렇겠지만 저는 어디를 가든지 어머니가 계시는 집 쪽으로 고개가 돌아갑니다. 오늘도 오는 길에 집을 바라보니까 제 아내가…"
 "잠깐, 그러면 그 여자가 네 아내였느냐? 그래, 아무리 아내가 그립기로소니 그리 달려갔느냐?"
 "예, 잘못했습니다. 오늘도 습관대로 집을 보다가 아내가 무엇을 들고 나와서 버리는 것 같길래 순간 걱정이 되어 마구 달려갔습니다."
 "순간 걱정이 될 일이라니?"
 "제 어머니께서 망령이 드셨습니다. 집에 그런 어머니가 있는데 한시 한때라도 마음이 놓이겠습니까. 아내가 도대체 무엇을 버리나 하고…"
 "음, 망령이라…"
 "미처 사또님께 아뢰지도 못하고 달려가서 보니까 아내가 기름을 버리고 있었습니다. 집 안에서 기름을 짜서 살림에 보태 쓰는데, 아내가 기름을 짜서 그릇에 담아 방 한구석에 두었더니 어머니가 '저것 심란스럽다. 갖다 버려라.' 그렇게 명하셔서 할 수 없이 밖에 내다가 버리고 있었다는 것이었습니다."
 "그렇더라도 아깝지 아니한가? 공력도 아깝고…"
 "그렇지만 어머니가 명하시니 해야 합니다."
 "망령이 들었는데도?"

"그러니까 더 따라야 할 줄 압니다. 망령이야 있건 없건 간에 어머니 말씀이니까요. 제 아내가 이런 생각을 저보다 더하고 있어서 제가 등을 토닥거리면서 고맙다고 한 것입니다."

"그에 앞서 얼굴을 맞댄 것은 어인 일인고?"

"어머니가 망령들었다는 말을 누가 들으면 어떡합니까? 그래서 귓엣말로 소곤소곤한 것입니다."

"그때 너희 내외 말고는 아무도 없었지 않느냐?"

"그래도 지나가는 새라도 큰 소리로 말하면 들을 것이 아닙니까? 자식으로서 부모 흉되는 것을 어이 크게 말하리까?"

"음, 효도는 며느리가 더 잘해야 한다던데… 너희 부부의 자세가 좋도다!"

그러면서 부사는 이창매에게 돈과 포목을 듬뿍 내렸다.

망령이 들었던 어머니가 돌아가시자 이 효자는 아침 저녁으로 어머니 산소에 가서 곡을 하고 절하기를 꼭 삼 년, 비가 오나 눈이 오나 몸이 불편하나 한결같았다. 추운 지하에 어머니가 누워 계시는데 따뜻한 방안에서 밤을 지낸 자식이 어이 몸을 사릴 것인가? 그래서인지 그가 발자국을 내딛은 곳은 풀이 나지 아니하였다.

"아, 나 때문에 이곳에 풀이 나지 못하다니! 꼭 다니던 길로만 다녀야겠구나."

그리하여 그가 다니던 곳으로 오솔길 하나가 반듯하게 났던 것이다.

세월이 흘렀다. 이 효자도 나이가 들어서 땅에 묻히게 되었다. 그의 무덤은 연안읍 왕산리(旺山里)에 자리잡혀 부모님 산소와 좀 떨어져 있었는데, 매일같이 저녁이 되면 그의 무덤과 부모님 무덤 사이에 무지개 같은 것이 뻗쳤다.

"아니, 저것 좀 봐. 이상한 기운이 섰네."

"왜 저녁에 무지개가 뜰까."

"효자가 부모님께 저녁 문안을 드리나봐."

"그럴 수가 있을까? 아니 이창매라면 족히 그럴 수 있지. 바닷물이 갈라졌을 정도니까 말이야."

당시 정승으로 정원용(鄭元容, 1783~1873년)이라는 사람이 있었다. 그는 칠십 이년 동안 벼슬을 지내면서 청렴 결백으로 관기(官紀)를 바로잡고 많은 민생고를 해결한 사람으로 아흔 한 살에 축하연을 받고 죽은 명재상이었다.

그가 한 번은 연안에 올 일이 있었다. 연안에 사는 당숙모를 만나기 위해서였다. 그는 관아에 와서 며칠 유숙을 하는 동안에 이창매의 효행에 대한 이야기를 듣고는 큰 감동을 받았다.

"음, 내가 그 어머니의 무덤에 가보리라."

그리하여 한 나라의 정승이 관노의 어머니 무덤을 몸소 가보게 되었다. 가보니 과연 무덤으로 가는 좁은 길에는 풀이 나지 아니하고 무덤 앞 접시를 놓았던 자리에도 풀이 없었다. 접시가 놓인 곳에도 풀까지 감동을 하여서 나지 아니한 것을 보고 정원용은,

"음, 효자가 죽어서까지 어머니에게 효도를 이렇게 하는데 왜 떨어져 있게 하는가? 지금 당장 어머니가 계시는 곳으로 이 효자의 묘를 이장하라. 그리고 효자비도 세워주어라."

하였다. 이리하여서 이장공사가 이루어지고 새 비석이 섰다.

"이 나라에서 가장 높은 벼슬인 정승이 가장 낮은 관노에게 이런 사랑을 베풀고 감동을 한 것은 그의 효성 때문이 아닌가? 신분이 어떠하든지 효성은 귀한 것이고 감동스러운 것이구나."

세상 사람들은 이런 생각을 하고 훗날 효자비를 보호할 비각까지 지었다.

오늘날 이런 효자 이야기를 하자면 까마득한 신화에나 나오는 이야기 같다. 이창매 이야기는 불과 이백년 전 이야기인데도 우리는 도저히 믿을 수 없는 기적으로만 여긴다. 정승이 세운 효자비까지 불신(不信)할 수 없는데도 불신하는 마음이 생긴다. 설마 그럴 리가 있는가라고 말이다. 이런 불신감을 우리가 가지는 것 그것만으로도 우리가 효도의 가치를 가볍게 보는 것이 아닌가 하고 송구스러울 뿐이다.

형을 감동시킨 꽁보리밥

옛날, 어떤 곳에 형제가 살았다. 형은 재산이 아주 부요(富饒)해서 잘먹고 잘살았다. 하지만 동생은 너무도 가난하여 조석 끓이기가 벅찼다. 삼순구식(三旬九食)이라는 말이 있다더니 이를 두고 하는 말이렷다.

굴뚝에서 연기가 난다고는 하지만 나다 말다 하고, 난다 하더라도 오래 가지 아니하였다. 남의 집 살림이야 굴뚝 보면 아는 법이 아닌가? '남의 집 굴뚝 사정'이라는 속담도 있지 아니한가?

이렇게 동생이 어려우면 형이 좀 도와주면 좋으련만 돼지가 되든 소가 되든 동생 일이라면 모른 체 지내고, 동생도 형을 찾아서 아쉬운 소리 할 사람도 아니고 이렇게 저렇게 형제는 살고 있었다. 그래도 동생이니까 형에게 한 달에 한 번 정도

순수하게 문안을 하러 가기는 하였다.
한 번은 형이 동생에게 물었다.
"네가 여기저기 잘 싸질러 돌아다닌다는데, 사실이냐?"
아, 이게 무슨 말인가? 무슨 못된 왼손질(도둑질)이나 하고 다닌다는 말인가? 바람을 피우러 다닌다는 말인가? 왜 형이 저런 말을 불쑥 꺼내는지 알 수 없어서 동생은 가만히 있었다.
"여기저기 다니면서 귀동냥이라도 좀 했겠지?"
아, 이건 또 무슨 소리인가? 귀동냥이라니? 무슨 시국 이야기란 말인가? 미친년 볼기짝이라도 보았다는 말인가? 또 알 수 없어서 가만히 있었다.
"도대체 너는 귀가 먹은 게냐? 형이 물어도 묵묵부답 가만히 있다니, 이 형을 무시하는 것이냐?"
이러고 나오니 이제 무슨 영문인지는 모르나 대답을 하기는 해야겠는데, 별다른 말을 못하겠기에 머뭇머뭇하니까 형이 또 말하였다.
"내가 요즘 입맛이 뚝 떨어졌다. 무얼 먹으려고 해도 영 입맛이 안 당기니 무슨 일인지 모르겠다. 팔진미가 맛이 있다니 그것이나 먹어볼까? 그런데 내가 집 안에서만 앉았다 누웠다 하며 지내니 세상 내용을 어찌 알겠느냐? 그래서 여기저기 잘 돌아다니는 너한테 물어본 것인데 너는 이 불쌍한 형의 사정도 모르는 체 멍하니 있기만 하니 정말 답답하구나."
'아, 형님은 배가 불러서 저러시는구나. 호강에 겨워서 팔진미를 찾는구나. 그 많은 하인을 시키면 팔진미가 있는 곳을 찾아낼 수 있을 터인데, 죽도 변변히 못 먹는 동생에게 팔진미 있는 데를 말하라니 참 기가 막히구나. 동생에게 저리 무심할 수가 있다는 말인가? 형이 되어서 가난하고 가난한 동생에게 할 법이나 한 말인가?'

 실로 마음이 착잡하였다. 그래서 미처 말을 하지 못하니까 또 호통이었다.

 "너 도대체 귀가 먹었냐? 내 말이 안 들리느냐? 팔진미가 있는 데를 대라니까 그러네. 어서 말해!"

 그러자 동생이 드디어 화가 나서 쏘아붙였다.

 "형님, 왜 모르리까? 제가 여기저기 싸질러 다니면서 이 냄새 저 냄새 다 맡고 다니는데 당연히 알지요. 다만 형님 처지에 그 비싼 팔진미를 사 잡수실 수 있을까 의심이외다."

 "허허, 네가 알다시피 이 재산이 얼마나 부요하냐? 그래 팔진미 그까짓 것 하나 못 사먹을까보냐? 내가 요즘 고기도 싫고 뭣도 싫고 영 입맛이 없어서 죽을 지경인데 입맛 당긴다는 팔진미가 아무리 비싸기로소니 왜 못 먹어? 잔소리 말고 어서 팔진미가 있는 곳을 안내나 하여라."

 "형님, 돈이야 있다지만 그 깊은 산중에 가실 수 있을지 모르겠네요. 팔진미는 심심 산중에 나거든요. 곰 발바닥, 원숭이 입술, 뭐 이런 것은 야지(野地)에는 없어서… 그러니 형님이 과연 그 험한 산을 넘을 수 있을까요?"

 "허허, 너 말끝마다 이 형을 무시하려 드는구나? 네가 힘이 드니까 안내를 안하려고 요리조리 꾀를 피우는구나. 이것이 형제간의 우애란 말이냐? 이 형이 입맛 떨어져서 죽겠다는데, 더러운 자식, 제 몸만 사리고 산중에 가느니 못 가느니 빼기만 하고."

형이 이제 막말을 하니 동생은 더욱 화가 났다.

"형님, 너무하십니다. 제가 몸을 빼고 사리다니요? 여러 말 할 것 없이 내일 아침 일찍 그 팔진미가 있는 산에 들어갑시다. 단단히 준비나 하고 오십시오."

이튿날 형은 동전꾸러미를 두둑히 몸에 걸고 동생은 보리밥 한 덩어리를 차고 산으로 들어갔다. 형은 기대에 부풀었다. 팔진미가 비싸면 얼마나 비쌀라고? 오랜 만에 입맛 좀 당겨보자. 몸보신 좀 하자. 동생한테는 국물이나 한 사발 안기면 되겠지. 이러한 심사였다.

산은 가파랐다. 가도가도 끝이 없었다. 점심때가 거의 되었다. 때는 한여름, 무척 더웠다. 동생은 죽을 먹을망정 노동을 한 몸이라 평지길도 잘 걷고 산길도 안마당을 다니듯 훨훨 걸었지만 형은 어디 그런가?

집 안에 매일 있으면서 잘 먹고 잘 자고, 심심하면 아랫것에게 호령하고 볼기치고, 친구가 오면 잡담하고, 여자 보면 손쓰고, 비싼 것 있으면 사들이고, 먹었다 하면 수만 금치를 먹어서 디룩디룩 살만 쪘으니 숨은 가쁘고, 이런 사람이 팔진미가 있다는 산에 들어서서 줄곧 걷고 오르기만 하니 기진맥진이었다.

다 왔냐? 아니오. 왜 이리 머냐? 멀어야 팔진미 가치가 있지요. 하긴 그렇다만 힘이 드니 좀 쉬자. 그러지요. 이제 갈거나? 갑시다. 아직도 멀었냐? 저 산 너머요. 그리 머냐? 뭐가 멀어요? 아직도 멀었냐? 저 산만 넘으면 됩니다…

"아이구, 더 못 가겠다. 숨이 턱 막히는구나. 여기서 좀 쉬자."

"예."

"팔진미가 있는 데가 정확하게 어디냐?"

"저 산 너머입니다. 이제 거의 다 왔습니다."

"아이구, 저 산 너머라? 난 배고파서 못 가겠다. 목 말라서 못 가겠다. 이 동전꾸러미가 무거워서 못 가겠다. 후유— "

"그래도 이왕 나선 길이니 팔진미가 있는 데를 가셔야지요."

"아이구, 팔진미고 뭐고, 너 꽁무니에 찬 것 좀 날 다오."

"예, 그러시지요."

형은 받아서 맛있게 먹었다. 꽁보리밥이었다. 팔진미를 잘 먹겠다고 조반도 설치고 와서 이 고생이니 맛이 있을 수밖에 없었다. 동생에게 먹어보라는 말도 없었다. 동생이 떠다 준 물을 벌컥벌컥 마셨다. 보리밥을 낟알 하나하나까지 다 먹었다. 이렇게 정신없이 먹은 형이 말하였다.

"아, 이거 맛이 이리 좋을 수가 있나? 바로 이것이 팔진미로구나. 너는 이제 보니 팔진미를 꽁무니에 차고 다니는구나."

"형님, 그렇습니다. 저는 팔진미만 맨날 먹습니다. 저만 팔진미를 먹고 형님은 입맛이 없어서 굶어 죽게 만들었으니 다 제가 잘못입니다. 제가 먹는 팔진미가 이리 적어서 죄송합니다. 집에 가서 많이 드리겠습니다."

"…"

형은 한참 동생을 바라보았다. 꾀죄죄한 저 얼굴이 팔진미를 항상 먹은 얼굴이란다. 전들 힘이 들지 아니할까만 저 골

짝에 가서 물까지 떠온 동생이 팔진미를 먹어서 힘이 난단다. 허허허허… 내가 너무 했구나. 내가 동생에게 죄가 많구나.
"동생, 가세. 이 세상에 팔진미가 어디 있는가? 시장할 때 먹으면 다 팔진미지. 보리밥도 팔진미가 되는 법. 이제 형제간에 우애있게 살아보세. 이 형이 사죄하네."
이러면서 입맛의 팔진미보다 더 맛있고 자랑스러운 우애의 팔진미를 보여주면서 하산하였던 것이다.

삼 남매의 가슴에
새겨진 '하늘 천(天)'자

옛날, 어느 곳에 영감님이 혼자서 살았다.
이 영감은 느지막하게 어찌어찌하여 장가를 가게 되어서 아들 둘 딸 하나를 잘 낳았는데, 허참, 사식 셋을 만들어낼 때는 나 같은 행복이 어디 있을까 싶더니, 복이 과한 것인지 귀신이 샘을 내서 그런 것인지 각시를 먼저 데려가버리니 그만 살맛이 없었는데, 그래도 자식이 있으니 거기다가 낙을 두고 홀아비로 그냥그냥 사노라고 살다가 한 번은 덜컥 병이 들어서 몸져 눕게 되었다. 이런 일이 다 있을까? 백약이 무효로다. 이제는 그 또한 아내 따라 저 세상으로 갈 판이었다. 그러니 흐르나니 눈물이오, 나오나니 한숨이었다.

"아이구, 저 어린것들 셋을 두고 내가 어찌 눈을 감을꼬? 무심한 염라대왕아. 어찌 나까지 데려가려 한단 말이냐? 아이구, 내 신세야."

이러나저러나 이미 이 세상을 떠날 지경에 다다랐으니 어찌할 수 없도다. 아이들 중 큰놈이 열 살 남짓이나 되고, 둘째 놈이 여덟아홉이 되고, 막내 그 귀여운 딸이 예닐곱이나 되는가 했다. 영감님은 병중에 노상(항상) 저것들이 빌어먹고 살기는 살 것인가, 도중에 죽지는 아니할 것인가 갖가지 생각을 하다가 하루는 밖에서 노는 큰아들 놈을 방으로 불렀다.

"아가, 이리 가까이 오너라. 아버지가 어찌 될 것 같으냐?"

"…"

어리다고 하지만 그래도 맏이라 철이 들었다. 큰아들은 아버지가 무슨 말을 하는지 알아듣고 울기만 했다.

"아버지가 오래 못 살 것을 너도 알겠지? 내가 가고 나면 너 혼자서 두 동생을 어찌 먹여 살리겠느냐? 못하리라. 그러니 제각기 뿔뿔이 흩어져서 살아야겠지. 그렇다면 헤어지기가 쉽지, 다시 만나기가 그리 쉽겠느냐? 허참, 내가 더 오래 살기라도 하면 얼마나 좋겠느냐만 이리 일찍 가게 되니, 아가, 불쌍한 내 새끼. 이를 어찌할거나?"

그러더니 아이를 더 가까이 오게 했다. 그리고 가슴팍을 벌리라고 했다.

"아버지, 가슴을 왜 벌리라고 합니까?"

"그것은, 내가 무슨 표시를 하고 싶어 그런다. 아프다고 하지 말고 조금만 참아라."

이러더니 가까스로 일어나서 아들 가슴을 바늘로 콕콕 찔렀다.

"아이구, 아버지. 아파요. 아파요."

"오냐. 아플 것이다. 그래도 좀 참아라. 제발 참아다오. 참아라."

큰애는 참노라고 참았지만 아픈 것을 어찌할 수가 없어서 소리를 질렀다. 그러니 밖에 있던 두 동생도 덩달아 울었다. 맏이가 가슴에 피를 흘리며 나가자 둘째를 불렀다.

"둘째야, 이리 들어오너라."

아버지가 말하니까 둘째가 들어갔다. 둘째에게도 역시 가슴을 제 형처럼 벌리라고 했다. 무서워서 어쩔 줄 몰랐지만 돌아가실 마당에 아버지가 하시는 일이라 순종하고 가슴을 내밀었다.

"아가, 아파도 참아라. 암, 참아야지. 참아라."

이러면서 둘째의 가슴도 피가 나게 바늘로 콕콕 찔렀다. 아이가 아파서 울어도 막무가내로 가슴에서 피를 나게 했다. 그래도 둘째는 울면서 참고 참았다. 둘째가 피를 흘리며 나가자 이번에는 막내 딸을 불렀다. 두 오빠가 피 흘리는 것을 보고 딸이 벌벌 떨면서 방에 들어갔더니 아버지는 기운이 하나도 없어 보이는데도, 굳이 이 어리디어린 딸에게 가슴을 펴라고 하더니 바늘로 두 아들에게 한 것처럼 콕콕 찔렀다. 아파 죽겠다고 야단이었지만 막무가내로 참아라 참아라 하면서 신들린 듯이 기어코 가슴에 피를 내고 말았다. 그래도 어린 딸, 겨우 일곱 살 난 딸은 가슴을 아버지에게 맡긴 채 피를 흘릴 수밖에 없었다. 멀지 않아 돌아가실 아버지가 무슨 뜻이 있어서 저러하실 것이니 어찌 거역하겠는가 하는 것이 어린 소견

삼 남매의 가슴에 새겨진 '하늘 천(天)'자 55

이었다. 그 얼마나 대견한가?

아버지는 기진맥진한 가운데서도 기뻐하는 표정을 지었다. 이제 다 되었다는 표정이다. 아버지는 이제 아이들을 다 방으로 들어오라고 하였다. 유언을 하려는 것이었다.

"애들아, 이 애비가 힘이 있을 때 내가 묻힐 자리를 파두었느니라. 그러니 나 죽거든 거기다가 묻고 제각기 어디론가 발길 닿는 대로 가서 살아라. 살다 보면 언젠가는 다시 만날 것이다. 그때 너희가 삼 남매인지 모를까봐 가슴에다가 내가 바늘로 콕콕 찔러서 글자를 표시해 두었으니까 그리 알아라. 형제간 남매간은 한핏줄이니라. 암, 한핏줄이고말고. 같이 뜨겁고 붉고 아픈 피란다. 그러니 그 피가 난 너희들 가슴을 만질 때마다 헤어진 형제자매를 생각하고 생각하여라. 헤어진다는 것은 만난다는 말과 같다. 같이 피 흘린 남매가 어딘가 있다가 다시 만난다고 매일 가슴을 쓰다듬으면서 기억해라."

이러면서 숨을 거두었다. 장례를 어찌어찌 치른 뒤 같이 살 처지가 아니기에 이 삼 남매는 각기 제 갈 길로 가서 헤어져 버렸다. 아, 아버지 말씀대로 아이들은 장차 다시 만날 것인가?

맏아들은 처음에 거지 노릇을 하다가, 어느 집으로 들어가 밥이나 얻어먹고 심부름하며 꼴 베는 꼴머슴을 하다가 나이를 먹어서 중머슴이 되고 나중에 상머슴이 되어서, 제 밥 정도는 추스려 먹게 되었다. 하늘 아래 형제가 어딘가 있건만 만나지 못하고 남의 집살이하기를 한 이십 년이나 했을까? 맏아들은 이제 서른 살 넘은 노총각이 되고 말았다.

그 동안 여기저기 머슴살이를 하면서 동생하고 누이를 찾아 보았으나 만날 수가 없었다. 마음을 돌려 장가를 가서 자리를 잡은 뒤 동생을 만나 함께 재미있게 살려고 해도 마땅한 처녀가 없었다. 누가 자기 같은 남의 집살이를 하는 놈에게 "예, 시집가지요"라고 하면서 선뜻 나올까 말이다.

 그렇다고 짝사랑이라고 할까 눈을 둔 여자가 없는 것은 아니었다. 바로 같은 집에서 사는 주인집 딸의 몸종이었다. 어찌나 예쁜지, 어찌나 참한지, 어찌나 처녀다운지, 비록 종이라고 할지라도 어디 내세우면 탐을 낼 만한 여자였다.

 이 여자도 나이가 들었건만 아직 시집을 오라는 데가 없어서 그냥저냥 지내고 있었다.

 서로 말은 하지 아니하지만 머슴이 여종을, 여종이 머슴을 서로 좋아하는 것은 본인들도 옆사람도 알 만하였다. 그렇다 해도 맏아들, 이 상머슴은 자격지심이 있는지라 몸종더러 선뜻 자기에게 시집오라는 말은 못하고 세월만 죽이고 있었다.

 그런데 여기에 문제가 생겼으니 또 한 남자가 이들 사이에 끼어든 것이다. 바로 건넛마을 부잣집에 새로 들어온 머슴이었다. 머슴답지 아니하게 허여멀끔한 것이 인물도 훤하고 말주변도 있고 일도 낫낫하게 어찌나 열심히 잘하는지 건넛마을 부자는 만나는 사람마다,

 "아, 이번에 들어온 우리 머슴이 사람이 되었단 말이야. 비록 머슴이지만 사윗감으로는 그만이야. 내가 딸이 없는 것이 한일 정도란 말이야. 허허허."

 하고 말하는 바람에 아래윗마을에서도 칭찬이 자자하였다. 머

슴이면 어떤가, 사위삼아 보자는 사람까지 나왔으니 말이다. 그런데 이 칭찬받는 머슴이 어찌 된 셈인지 지금 맏아들이 은근히 시집오기를 바라는, 그러니까 짝사랑하며 마음에 두고 있는 이 집 몸종을 좋아하는 것이었다.

우물가에 나가 있다가 스스럼없이 다가가서,
"물동이가 무겁겠습니다. 제가 들어다 드리지요."
어쩌고 하면서 접근하니까 몸종 또한 싫지 아니하였다. 그뿐인가? 세상 이야기며 심지어 간밤에 꿈꾼 이야기까지 입담좋게 이야기를 하니까 그만 몸종은 이웃마을 총각머슴에게 홀딱 반할 지경이었다. 한집에 있는 나이 든 머슴에 대한 생각보다 이제 새로 온 윗마을 총각머슴이 더 좋다는 말이다. 좋기만 한가? 얼마 후에는 당당하게 주인에게 이런 말까지 하였다.
"저는 윗마을 그 총각머슴에게 시집을 가겠습니다. 주선해 주소서."
"그렇게 하여라. 나는 우리 집 저애하고 성사가 될 줄 알았는데 본디는 따로 임자가 있었던 게로구나."
그러자 몸종은 얼굴을 붉히면서 그렇다고 하였다. 이 광경이며 이 소리를 들은 큰아들 머슴은 기가 막혔다. 차라리 진작 사랑한다고 하면서 시집오라고 떳떳이 말이나 하여볼 것을 그랬다는 후회가 생겼으나, 이미 물은 엎질러진 뒤였다. 그 동안 마음을 주었던 몸종이 야속하다는 생각보다 새로 나타난 연적(戀敵)이 미워 죽을 지경이었다.

아, 내 눈으로 저들 혼인식을 이 집에서 어찌 볼 것인가, 잠이 오지 아니하였다. 어찌할까? 어찌하기는? 신랑이라는 작자를 없애버리는 것이다. 어떻게 없앤다. 비수를 날리면 되겠지. 이러한 끔찍한 생각까지 하였다.

드디어 혼인날이 되었다. 아래윗마을 부자 주인이 혼주(婚主)가 되어서 자기들 딸아들 시집 장가보내듯 잔치를 하니까 다른 사람들은 축하한다고 몰려와서 법석이었다. 이 난리법석 중에 맏아들, 곧 이 상머슴의 음모가 익어가고 있는 줄은 아무도 몰랐다. 신부인 몸종은 요즘 행복에 들떠서 이미 이 맏아들을 잊은 지가 오래되었다. 초례청에 신랑이 들어섰다. 자기가 보아도 의젓하고 잘생겼다. 족히 자기 사람을 빼앗아갈 만한 모습이었다. 게다가 말솜씨까지도 기가 막히다니… 질투 때문에 제대로 보이지 아니한 맏아들이었다. 맏아들은 곧 비수를 날렸고 비수는 정통으로 신랑의 가슴에 꽂혔다.

"악!"

신랑이 비수를 맞고 쓰러지자, 사람들이 놀라서 몰려왔다. 신부는 염치 불구하고 신랑의 가슴에서 칼을 빼냈다. 천만다행하게도 두꺼운 대례복 덕분에 칼끝이 살에 조금 닿았을 뿐 생명에는 이상이 없었다. 신랑은 가슴을 펼친 채로 있었다. 그때 신부가 신랑의 가슴을 보더니 소스라치게 놀랐다. 신랑 가슴에 어떤 표시가 있었던 것이다. 신부는 재차 확인해 보더니,

"악!"

하고 기절하였다. 사람들은 놀라서 이번에는 신부가 기절하였다고 하면서 옷을 풀고 바람을 집어넣어야 한다고 법석을 떨었다. 그러다가 많은 사람 가운데서는 민망하니까 여자들이 한쪽에 신부를 데려다가 눕히고는 가슴을 풀어헤쳤다. 그러자

신부의 가슴에도 이상한 표시가 있었다.

이런 경황에 비수를 날리고 도망가려던 맏아들은 신부마저 쓰러지니까 도망도 못 가고 현장으로 다시 왔다. 신부가 쓰러진 것은 어찌 된 일이냐? 도저히 도망갈 수 없었다. 잡히면 어찌하려고 저럴까? 그보다 남의 아내가 될, 한때 짝사랑한 신부의 가슴을 어찌 보려고 할까?

여자들만이 있는 자리까지 들어와서 염치없게도 그리하려고 하다니, 이래저래 맏아들은 종내 이 자리에서 성하지 못할 사람이 되었다. 그러거나 말거나 이 맏아들은 백설 같은 신부의 가슴을 슬쩍 보았다. 그러더니 곧장,

"악!"

하고 기절하여 버렸다. 줄초상이라는 말이 있다더니 이제는 줄기절이었다. 즐거워야 할 초례청에 비수가 웬일이며 비수를 맞은 자나 날린 자나 다 원수간인데 기절만 해대니, 더구나 신부까지 저리 기절을 해버리니 이 줄줄이 기절에 참가한 사람들은 놀랄 수밖에 없었다. 어찌 된 판인지 궁금하여서 야단이었다.

"앗, 하늘 천(天)자다. 저 세 사람 가슴에 다 똑같은 글자가 새겨져 있다. 하늘 천(天)."

천 천 천. 이는 어찌 된 연고냐? 하늘 하늘 하늘, 천 천 천, 무슨 내력이냐?

먼저 맏아들이 일어나서 소리쳤다.

"동생아, 누이야, 나다. 나 큰형이다, 큰오빠다."

그러자 기절했던 신부도 상황이 어찌 된 줄도 모르고 두 남

자의 가슴을 보고는 소리친다.
"오빠, 저예요. 막내동생이에요."
이런 판에 둘째도 일어났다.
"형님, 접니다. 둘째랍니다."
사람들은 궁금하였다. 그래서 내력을 물었다. 천(天)이라, 형제자매는 피를 나눈 천륜(天倫)이란 뜻이리라. 어찌 혼인을 하며 어찌 원수가 되랴? 다 하늘의 뜻이리라. 하늘 덕분에 이들은 다시 만났다. 아버지의 바늘 찌름이여. 콕콕콕콕 그 아픔이여. 그 아픔이 있기에, 살을 에는 고통이 있었기에 이리 한핏줄의 만남이 있을 수 있었다.

구두쇠 부자의 서약서

오래 전에 어떤 사람이 자식을 하나 두었는데, 이 자식이라는 것이 얼마나 지독한 구두쇠인지 먹고 살 만하여서 이밥(순쌀밥)을 해먹을 만하건만 매일같이 죽 아니면 보리밥이었다. 그러니 연만하신 아버지가 마음에 들지 아니하여서 아들한테 밥이라도 제대로 한번 먹어보자고 하니까 아들이 퉁명스럽게 말을 했다.

"아버지, 그렇게 헤프게 쓰다간 나중엔 죽도 못 먹습니다. 그러니 주는 것이나 아무 말 마시고 잡수십시오."

이렇게 지독하게 말한다. 며느리라도 좀 융통성이 있으면 사람 사는 구실을 할 것이건만 지독하기는 남편 이상이었으니, 자식에게 살림 다 물려준 마당에 영감은 날마다 배가 허전하여 기운을 차릴 수가 없었다. 그러다가 한 가지 생각이 떠올랐다.

"아가, 저 마구간에 송아지가 한 마리 있지 아니하냐?"

"예? 송아지요? 있기는 있는데 송아지는 왜요?"

"왜요라니? 이 애비가 고기가 먹고 싶어서 죽겠다. 그러니 저 송아지를 잡아서 보신 좀 시켜다오. 대신 부자지간이지만 공짜가 아니라 다 보답을 할 것이니까 잡기나 하여라."

그러자 아들이 바짝 다가 앉으면서 말한다.

"그래, 송아지를 잡아드리면 어떠한 대가가 있습니까?"

"사람이라는 것이 살았을 때 실컷 먹다가 죽어야지 죽어서 제삿밥을 잘 먹으면 뭘 하겠느냐? 그러니 내가 죽거들랑 초상을 치른다, 빈소를 차린다, 제사를 삼 년간 지낸다, 이러지를 말고 그저 간단 간단히 지내기만 하여라. 그러면 경비가 적게 들 것이다. 생각해 보아라. 지금 송아지 한 마리가 싸냐? 나중 초종장례(初終葬禮)에 기제사(忌祭祀)가 싸냐, 좀 계산을 해보아라."

이러니까 아들이 눈을 꿈벅꿈벅하고 앉았다. 한참 요리조리 궁리를 한다. 나중에는 손가락을 구부려가면서 헤아린다. 그러더니 고개를 갸우뚱하면서 일어난다.

"아버지, 아무래도 집사람하고 상의를 해보아야겠습니다. 그 쪽 경비는 여인네들이 더 잘 아니까 말입니다."

이런 기가 막히는 일이 있을까마는 현실이 이러하니 아버지가 그럼 처하고 상의를 해보라고 내보냈다. 하룻밤 내내 소식이 없다. 아마 밤을 새워서 궁리에 궁리를 거듭하는 모양이다. 아무려면 송아지 한 마리보다 장사와 제사 경비가 더 들지 덜

들라고. 그러니 내일이면 송아지 한 마리를 실컷 먹겠구나 하고 생각하는 아버지. 그런가 하면 머리를 맞대며 이리저리 헤아려보는 아들 내외. 이러저래 밤새 불켜느라고 기름값만 들어간다.

아침이 되었다.

"아버지, 말씀대로 오늘 송아지를 잡겠습니다. 하오나 한 가지 조건이 있사옵니다."

"얘야, 조건은 무슨 조건이냐? 말이나 들어보자."

"아버지, 이 창호지에다가 어제 말씀하신 것을 서약하여 주십시오. 내가 죽어도 제사니 장사니 다 바라지 아니한다. 묻어주면 묻어주는가보다, 친구를 안 부르면 부고를 안했는가보다, 제삿날 맹물만 차려도 그런가보다 하는 말없기 서약서 말입니다."

어허 기가 막히다만 이마에 송곳을 찔러도 피 한 방울 나오지 아니할 저놈이 밤새 각시한테서 지도를 다 받기까지 하였으니 안된다고 할 수도 없겠다.

"에라, 서약하마. 그러나 차마 죽을 애비가 어찌 그리 쓰겠나? 네가 써라."

그러자 아들이 정색을 한다.

"아버지, 제가 뭐 글을 알아야지요? 제 글씨는 괴발개발 엉망이니 아버지가 직접 쓰십시오. 본인이 써야 효력이 나온다고 제 처가 그랬습니다."

"어허 부창부수(夫唱婦隨)라더니 어쩌면 그리 연분이 딱 들어맞느냐? 좋다, 내가 쓰마. 여기 도장까지 꽉 찍었느니라."

이리하여서 희한하게도 아들은 아버지에게서 서약서를 받고 즉시 송아지를 잡았다. 그날 저녁 기다리고 기다리는데 겨우 고기 한 접시만 상에 달랑 올라 있구나.
　"아가, 어찌하여 송아지 한 마리가 고작 이 한 접시냐?"
　"아버지도 원, 한꺼번에 잡수시면 연로하신 몸에 탈이 나지 않겠습니까? 천천히 나누어 잡수셔야지요."
　"하기는 그렇구나."
　그러면서 한 접시를 겨우 먹었는데, 자기만 먹는 것이 아니라 아들네 내외며 그 자식이 땀을 뻘뻘 흘리며 후루룩후루룩 맛있게 먹어대는구나. 차마 내 고기를 아들이나 손자가 먹는다고 탓할 수가 없기에 함께 먹기는 먹었으나 아쉬웠다. 송아지 한 마리를 실컷 먹자고 창피하게도 사후(死後)에 굶기를 맹세하는 서약서까지 써주었건만 저것들이 먹을 만큼 마구 먹어대니 속이 쓰릴 수밖에 없었다.
　이튿날 아침에도 아버지에게는 겨우 한 접시, 온 식구가 먹어치운다. 이래저래 한 이틀 만에 송아지 한 마리를 다 날리고 말았는데, 아버지 몫은 서너 접시뿐이었다. 어허, 고기맛을 보다가 말았구나.
　그 후 아버지가 돌아가셨다. 겨우겨우 땅에 묻기만 하였지 동네에 부고도 안 돌리고 상여도 제대로 안 쓰고 빈소도 차리지 아니하였다. 한 번은 아버지 친구가 놀러왔다가 이미 돌아가셨다고 하니까, 빈소라도 안내하라고 하기에 빈소 마련은 안하기로 생전에 아버지하고 약조를 하였다고 하니까, 아버지 친구가 입맛을 쩝쩝 다시면서 돌아가버렸다.

세상에 살아 있는 사람들이야 이렇다고 하지만 저승에 가서는 일이 간단하지 아니하였다. 왜냐하면 추석 명절 같은 때에 자꾸 명절 쇠러 가지 아니하고 여기에만 죽치고 있느냐고 저승 친구들이 사랑방에서 핀잔을 주기 때문이었다.

"추석 명절이 되면 따뜻한 밥 한 그릇에 햇과일을 맛보고 오는 법인데 어찌해서 자네는 명절에 이리 굶으면서 처박혀 있는가? 하도 딱해서 우리가 아들네 집에 간 김에 떡이며 전부침이며 과일이며 술을 가지고 왔으니 어서 들어보게."

이렇게 저승에서 사귄 사랑방 친구들이 먹을 것을 갖다 주니 고맙기도 하고 눈물이 나기도 하였다. 그 이유를 친구들에게 다 말하지 아니할 수 없구나. 그러자 영리한 저승 세계의 노인이 한마디한다.

"아하, 그런 연고라면 걱정 말게나. 여기에 복지개(밥그릇 뚜껑)를 하나 줄 테니까 아들네 집에 가서 디딜방아 공이 끝에다가 딱 붙여두게. 그러고는 디딜방아를 찧게나. 한밤중에 방아를 찧는다면 놀랄 것이며 게다가 복지개 쇳소리까지 난다면 더 놀라서 반드시 집에 사고가 났다고 푸닥거리를 하면서 야단을 할 것이고 그렇다면 자연히 밥이며 술이 나올 것이니 그것을 먹고 오소."

"결국 탈을 붙여 굿을 하여서 먹을 것을 챙기라는 말이군 그래."

"암, 그리 안하면 우리 귀신들에게 언제 먹을 것이 생기던가?"

이리하여서 아버지 귀신이 아들네 디딜방아에 와서 복지개

를 공이에 달고 쿵더쿵 쿵더덕쿵 한밤중에 방아를 찧는데, 아들이 각시며 자식을 데리고 우우 나오더니,
"참 희한하다. 그리 안해도 고단하여서 찧기는 찧어야겠는데 못 찧어서 고민고민하였는데 이렇게 제풀에 방아가 오르내리니 웬 떡이냐? 하여간 공짜방아 좀 찧자."
라고 하면서 일변 볏섬을 넣고, 일변 꺼내서 까불고, 일변 쌀섬을 챙기고 야단법석이다. 아버지 귀신은 행여나 떡해 먹자든가 굿하자는 말이 나올까 하고 늙은 삭신에 내리 방아를 찧어댄다만 종무소식이구나.
 에라 이놈들아, 나는 간다고 하면서 되돌아오니 배가 고파 죽을 지경이다. 아들이 저리 독하다니, 아, 기진맥진, 허기져서 돌아오는 영감을 보고 저승 노인들이 사연을 묻는다. 말짱 허사라고 하니까 다들 놀란다.
"자네 아들이 지독하기는 지독하네. 그러나 이번 작전은 못 당하리. 여기 실이 한 뭉치 있으니 아들이 아랫목에 누워서 편히 자빠져 있을 때 칭칭 감아버리게. 그러면 '아이구 머리야' 하면서 야단야단을 할 것이네. 그래도 풀지 말고 그냥 있으면 나중에, '골 깨진다, 머리 돈다, 눈알 나온다' 어쩌면서 객귀를 물린다(客鬼를 물리친다)고 하면서 반드시 굿을 할 것이네. 그러면 좀 얻어먹고 오게나."
 이러한 우정어린 방법을 제시하니 아버지가 그대로 실천하기로 하였다. 항상 배가 고프니 어찌할 것인가? 아닌게아니라 아들이 머리가 아프다고 야단이다. 이제 먹을 것이 생기나보다라고 기대하는데 웬걸 아들 말소리 좀 들어보게나.

"아이구 머리야, 골이야, 미치겠구나. 이놈들아, 당장 골방에 가서 그것 좀 가져와라. 그것이 뭔지도 몰라? 아이구 머리야, 내 말이 오락가락이구나. 그것은 도끼다. 도끼를 갖다가 내 머리를 내리찍어 버려라. 그러면 아픔도 없어질 테고 근본적인 해결책이 아니겠느냐? 그러니 당장 도끼를 갖고 와라."

이 말을 들은 아버지 귀신은 문자 그대로 혼비백산해 버렸다. 혼비백산이라는 말이 있지 않던가? 빈손으로 돌아와서 저승 친구들에게 이런 말을 하니 그 친구들도 혼비백산이다.

"암만 그렇지만 그럴 수가 있을까? 허참."

"그래, 내 자식은 못된 놈이야. 그러나 애비로서 자식이 제 머리 찍어서 죽는 걸 볼 수는 없지 않겠는가? 그래서 내가 물러났지. 지독하면 귀신도 범접을 못한다는 말이 있다마는, 하여간 내가 잘못이야. 자식을 저리 인색하게 기른 내가 자업자득이지. 애비 노릇 잘못하면 저승에까지 와서도 이 고생이구만그려. 허허허."

옥식과 지네

옛날 어떤 집에 시부모도 잘 모시고 자식도 잘 키우며 남편도 잘 받들어 모시는 며느리가 있었다.

지금은 쌀밥이 흔해서 먹는 것이 자랑도 아니고 귀한 것도 아니지만 이삼십 년 전만 하여도 대부분이 보리쌀이요, 뉘만큼 적은 것이 하얀 쌀이었다. 보리밥에서 쌀밥을 건지기 위해 솥에 앉힐 때 맨 위 한가운데에 쌀주먹을 잘 올려놓고 밥을 지었다.

이 특별 쌀밥을 옥식(玉食)이라고 고상하게 이름을 붙였는데, 대부분 이 옥식은 집안의 어른이나 아이들에게 먹게 했다. 옥같이 하얀 쌀밥. 잇속같이 하얀 밥.

그러나 이야기의 며느리는 자기 자식의 밥을 먼저 펐다. 아들 밥그릇은 하얀 옥식 한 그릇, 그리고 남은 사람들의 밥은 아이 밥을 푸고 남은 쌀밥을 보리밥과 퍽퍽 뒤섞어서 퍼담았다. 시부모나 남편이나 다른 식구는 다 혼식(混植)을 하였던 것이다. 이것은 '옥섞이'라고 하였는데, 옥 같은 쌀이 조금이라도 들었다 해서 고급에 속하였다.

그런데 이상하게도 아이가 빼빼 마르고 기운이 하나도 없어 걱정이 되는 것이었다. 병치레가 잦았던 것이다. 그렇게 쌀밥을 먹인 아이가 제일 병약(病弱)하다면 이상하지 않은가? 며느리는 물론 온 가족이 근심 걱정이었다. 어디 가서 의원에게 물어보아도 이상한 데가 없다는데 옥이야 금이야 하고 위하는 아이는 신통하지 않으니 어찌 고민거리가 아니겠는가 말이다.

"어디 가면 용한 의원이 있답니다. 거기 가서 물어보시오."

어떤 사람의 이러한 말을 듣고는 물불을 가릴 처지가 아니기에 병약한 아이를 데리고 갔더니, 이 의원이 척 보고 시진(視診)을 하누나. 시진은 눈으로 진찰을 하는 것으로 찰진(察診)이라고도 한다. 다음에는 소리를 들어보고 아이 손에서 맥도 짚어보았는데, 이것은 성진(聲診)이요, 맥진(脈診)이었다. 진맥(診脈)을 하고 나더니, 의원이 며느리에게 말하였다.

"집에 가서 밥을 푸는 바로 위 부엌 천장을 보시오."

아! 천장에 무엇이 있다는 말인가? 설마 비가 샌다는 말은 아닐 것이다. 며느리는 과연 집에 가서 밥을 푸는 바로 위의 천장을 올려다보았다. 별다른 것이 없었다. 있다면 그을음이 고드름 늘어지듯이 쭉쭉 늘어져서 밥을 풀 때 나오는 뜨거운 훈기에 떨어질 듯 말듯 이리저리 흔들흔들할 뿐이었다.

'아니, 나무를 때서 밥 하는 부엌 천장에는 긴 그을음이 드리워지게 마련이요, 움직이게 마련인데 이것이 무슨 우리 아이의 병고(病苦) 원인이라는 말인가? 이상하다. 다시 가서 그 의원께 물어보자.'

이리하여 다시 그 의원에게 가서 천장에 그을음이 주렁주렁 매달려 있다고 사실대로 말하였다.

"아! 그을음만 보았구려. 그 그을음같이 보이는 것 중에서 솥 바로 위의 것을 찬찬히 살펴보시구려. 그것은 그을음이 아닐 테니까."

"그것이 무엇인데요?"

"가서 보면 알 것이 아니오? 그 솥 중앙 옥식(玉食) 바로 위에 있는 것을 보기만 하고 손으로는 절대로 만지지 마시오. 그것을 확인하고 나서 다시 나한테 오시오."

자, 무엇이 그 솥 위 천장에 대롱대롱 매달려 있을까? 왜 만지지 말라고 할까? 무엇이기에 까만 그을음하고 분간을 할 수가 없었을까? 무엇이기에 흔들거렸을까? 무엇이기에 솥 위에 있다는 말인가?

지네.

지네였다. 그 독한 지네가 그을음처럼 대롱대롱 매달려 있었다. 아! 저 독물이 어찌 이 집 부엌 천장에, 꼭 그 자리에 있더란 말인가. 그렇다. 지네를 맨손으로 잡을 수는 없었다. 지네가 매달려 있다는 것을 확인하자 소름이 쫙 끼쳤다.

며느리는 정신없이 의원에게로 달려갔다. 그 용한 의원은 자기 안방에 앉아서 어찌 이 집 부엌 천장, 솥단지 위 한가운데에 지네가 매달려 있다는 것을 알았을까?

'과연 용하기는 용하구나. 그렇다면 이제 우리 아들을 살릴 처방도 알겠구나. 아! 놀라운 의원이구나. 존경스럽구나.'

이러면서 달려갔다. 의원은 기다리고 있다가 며느리를 맞이하였다. 그런데 의원의 표정이 이제까지의 친절하던 얼굴이 아니라 노여움이 그득한 얼굴이었다. 이 며느리가 무엇을 잘못하였기에 저리 남의 집 부인에게 무서운 표정을 짓고 있는 것일까?

"네, 의원님. 지네, 지네였습니다. 지금도 있습니다. 건드리지 않았거든요, 시키신 대로."

"이제 가서 집게로 꼭 집어서 활활 타는 장작불에 태워버리십시오. 설태우면 도리어 앙화가 되니까 꼭 다 태우시오."

"예, 당장 가서 그리하겠습니다."

"아니, 지네가 왜 거기 있는지, 어째서 아이에게 해를 끼치는지 묻지도 않고 가시려오?"

"아참, 그러네요. 왜 그렇지요?"

"지네가 밥을 풀 때 독물을 한 방울씩 떨어뜨렸소. 그것을 온 식구의 밥에 섞어서 먹었다면 도리어 약이 될 것인데, 댁의 아들이 먹을 옥식, 곧 쌀밥에만 고스란히 떨어졌기 때문에 지네 독이 아이에게 올라서 아이가 죽어가는 것입니다."

"아, 그 몹쓸 놈의 지네, 왜 우리 자식한테 병을 주고 죽음을 준다는 말인가? 몹쓸 지네, 당장 그 지네를 잡아 죽이겠습니다."

"그 지네가 천장에 있는 것은 땅바닥에도 지네가 있기 때문이오. 그 땅지네까지 잡아 없애시구려."

"몹쓸 지네가 또 어디에 있다는 말입니까? 그것도 잡아 죽이겠습니다."
"여기, 내 눈앞에 바로 당신이 땅지네요. 제 자식만을 위하는 그 마음이 자식을 죽이고 집안을 불화(不和)하게 만드는 독주머니, 바로 당신의 마음이오. 그 마음을 고치면 땅지네는 죽는 것이오."
그러자 며느리는,
"아! 선생님, 정말 고맙습니다. 반드시 개심하겠습니다."
하고 큰절을 올리더란다.

비밀을 지켜준 시동생

옛날 어느 집에 삼 형제가 있었다. 막내둥이는 어려서 서당을 다니고 형들은 일을 하는데 맏아들이 곧 장가를 가게 되었다.
부잣집이니까 막내둥이가 호강을 할 만도 한데 이 아이는 취미가 염소를 키우는 것이었다.

염소를 끌고 풀이 좋은 곳으로 데려다가 풀을 뜯기기도 하고, 서당에서 배운 천자문이니 사자소학(四字小學)이니 추구(推句)니 하는 교과서를 암송하면서 놀았다. 염소도 한두 마리가 아니라 여러 마리를 기르다 보니, 며칠은 이 동네에서 뜯기고 다음 며칠은 저 동네에서 뜯기고, 이렇게 좋은 풀을 찾아다니면서 뜯겼다. 그러다가 보니까 하루는 집에서 십 리 바깥이나 떨어진 곳까지 갔다.

그때가 서당이 방학이었는지, 이 아이는 집에서 먼데까지 염소를 데리고 갔던 것이다. 한가롭게 풀밭에서 노는 염소, 공부하는 아이, 그러다가 아이는 깜빡 해가 지는 줄도 몰랐다.
"아이구, 벌써 이렇게 되었나? 집을 못 찾아가겠는걸. 염소랑 놀다가 집에도 못 가게 되었네. 이 동네는 내가 잘 모르는 동네니까, 에라, 여기 풀밭에서 잠이나 자자."
이러면서 풀밭에 벌렁 누워 있는데, 덮을 것도 없고 땅에서 습기는 올라오고 너른 들에 혼자 있자니 갑자기 무서움이 생겼다.
"저 동네에 가보자."
이리하여 어둠 속에 염소를 끌고 동네로 들어가는데 동네 초입에 큰 대밭이 보였다.
"음. 이 대에다 염소를 매어놓고 이 안에 들어가서 좀 잘까. 대밭이라 이슬은 안 맞을 테니까, 좋군."
그러면서 대밭에 누워 있는데, 멀지 않은 곳에 초당이 하나 보였다.
"기왕이면 저 집으로 가서 자지, 뭐."
아이는 살금살금 기다시피 하여 외떨어진 집의 마루에 들어가서 누웠다.
"이왕이면 짚을 갖다가 깔고 덮지, 뭐."
아이는 소리가 나지 않게 마당에 있는 짚을 빼다가 깔고 덮고 있으니까, 비록 전혀 모르는 남의 집 마루 밑이였지만 아주 좋았다.
"그저 사람은 이런 객지 잠도 자보아야 한다니까. 이 집 주인에게 들키지 않게 잘 자고 일찍 일어나서 짚도 제자리에 두고 얼른 염소를 데리고 집으로 가야지. 부모님이랑 형님이랑 걱정하시겠다. 특히 곧 장가를 갈 우리 큰형님이 나를 찾겠는걸. 그러나 지금은 어쩔 수가 없잖아? 여기서 푸욱 자야지, 뭐."

이런 생각 저런 생각을 하다가 보니까 어느 새 사방이 조용하였다. 그런데 그때,

"휙 쿵!"

하면서 갑자기 마루 위에 무엇인가 날아와서 떨어지는 소리가 났다. 아이는 얼마나 놀랐는지 모른다. 막 잠이 들려던 찰나, 자기 코끝 위인 마루 위에서 쿵 소리가 났으니까 말이다.

"아니, 이게 뭔 소리여?"

놀라기도 하고 궁금하기도 해서 소리도 내지 아니하고 다음에 무슨 소리가 날 것인가, 어떤 사건이 생길 것인가 귀를 쫑긋하고 있었다.

"이제 오십니까?"

이 소리는 안방에서 나는 큰애기 소리였다.

"음, 여전히 친절하게 나를 맞이하는군."

이것은 굵직한 남자 소리였다. 그 소리가 굵은 것이나 마루를 내딛는 소리를 미루어볼 때 남자의 몸은 건장하고도 날렵한 것 같았다. 그런데 야삼경에 스스럼없이 처녀 방을 출입하는 것을 보면 불량한 놈이 분명하였다.

"흐흐흐, 요새 내가 듣자니까 시집을 간다더구나."

"아, 부모가 정해 준 것이니 어찌할 수가 있겠습니까? 가야지요."

"음. 간다? 가야겠지. 나 같은 놈은 당당하지 못하니까… 그래 시집가니까, 좋아?"
"아이, 몰라요."
"나를 두고 간다? 정든 나를 두고 다른 놈한테 시집을 간다?"
"제가 가고 싶어 갑니까? 부모가 시키니까 그리로 가는 것이지요."
"어디로 가는데?"
"여기서 한 십 리 떨어진 어느 사대부집의 장자(長子)라고 합디다."
"사대부 부잣집 맏며느리라. 그래, 정든 나를 두고 그리 가?"
"아, 그야 서방님 처분에 달렸지 않습니까?"
"내가 그냥 있을 수 없지. 잠깐, 아까 누구네 집이라 했지? 십 리 밖에 어느 사대부집?"
"성씨는 무엇이고 신랑 이름은 무엇이래요."
"너는 이제 그만이다. 흐흐흐."
괴한은 기분 나쁘게 웃었다.
그런데 이 집 마루 밑에서 이들의 대화를 듣고 있던 막내는 가슴이 뛰어서 죽을 지경이었다. 괴한이 죽이겠다는 신랑은 바로 자기 형이 아닌가? 샛서방인지 첫정을 준 괴한인지 하는 자가 형의 결혼 첫날밤에 일을 벌이겠다는 것이 아닌가?
형수가 될 여자가 이리 악독하고, 음탕하고, 행실이 궂을 수가 있을까? 아, 이 일을 어찌할거나. 천우신조로 이 비밀을 알아냈다마는 어떻게 여기를 탈출하여 사건을 막고 형을 구할 수 있을까? 가슴이 두방망이질을 하여서 어찌할 줄을 몰랐다. 저 악한 남녀가 자기들의 음모가 막내에게 탄로난 줄 알면 가만히 있겠는가? 쿵 소리를 내고 걸쭉하게 말하는 괴한은 보나 마나 어린 자기를 보면 한 주먹에 날려버릴 것이다. 가슴이 왜 이리 쿵쿵 뛰지? 저것들이 내 가슴 뛰는 소리를 들으면 나도 죽는데…

며칠 후 막내의 형이 장가가는 날이 돌아왔다. 장가가는 날 아침에는 상객(上客)이 따라가는 법이다. 말하자면 신랑의 보호자가 따라가게 되어 있는데 막내가,

"아버지, 나도 좀 따라가면 안돼요?"

하니까 아버지가 한 마디했다.

"이놈아, 형이 장가가면 어른이 따라가는 것이지 동생이 따라가는 것이 아니다. 동생이 상객이 되면 신랑의 보호자가 될 수 있느냐?"

"나도 커서 장가를 갈 테니 미리미리 봐두지 뭐. 나 따라갈래요. 응, 아버지."

"허참, 장가공부를 다 하겠다고 하네. 좋아, 데려가마."

"아이구 좋아라."

막내는 껑충껑충 뛰면서 좋아하였다. 이때부터 손아랫사람이 따라가는 법이 생겼다고 하기도 하는데…

얼마 후 드디어 성례(成禮)를 마치고 나서 아버지가 막내에게 말했다.

"자, 우리는 집으로 돌아가자."

"아버지, 형수가 보고 싶어서 못 가겠어요. 형수는 어머니 같다면서요. 형수는 시동생을 예뻐한다면서요. 예쁨을 받으려면 지금부터 친해져야 하니까 여기서 있다가 형이랑 같이 갈래요."

"안된다. 사돈댁이 불편해."

그러자 사돈댁이 말하였다.

"아, 괜찮습니다. 사돈댁 막내도령이 형수를 저리 위하니 우리 딸이 복입니다그려. 그냥 이삼 일 있다 가라고 하시지요."

이리하여 막내는 사돈집에 머무르게 되었고 사람들이 가고 배웅하는 등 바쁜 틈을 타서 막내는 몰래 신방에 들어가 있었다.

밤이 되었다.

"아니, 너 안 자고 왜 여기 와 있느냐?"

형이 신방에 들어오다 말고 깜짝 놀라 물었다.

"형님, 나는 형수가 좋거든요. 형수가 보고 싶어서 와 있었어요."

"이 주책 바가지야. 여기는 신랑 신부가 있는 데지 너 같은 어린애가 있는 데가 아니야!"

"저도 알아요. 곧 나갈게요. 누가 밤새 여기 있을 줄 아나봐. 있으라고 붙들어도 안 있어요. 왜 남의 신방에 눈치없이 있어요. 형수씨 안 그래요?"

"예!"

"아이구, 우리 형수는 벌써 내 편이네. 우리 형수님 치마도 좋다. 나 치마 좀 만져볼래요. 나도 장가가면 이런 색시옷을 신부한테 입혀야지."
"너, 빨리 나가라."
"아이구, 이 쩔렁쩔렁한 것은 무엇인가요? 열쇠인가요? 장식인가요? 예쁘기도 해라. 형수님 제가 좋아하는 형수님, 그것 좀 끌러 구경 좀 시켜주세요."
"그러세요. 참 재미있네요, 도련님은."
"뭘요. 이 쇠가 참 좋네요. 쩔렁쩔렁 소리도 좋고요. 제가 오늘 저녁 가지고 놀다가 내일 줄게요. 안되나요?"
"저, 그것은 여기 뒤주 열쇠라…"
"밤중에 무슨 뒤주를 열 일이 있어요. 제가 가지고 놀다가 내일 아침 드릴게요. 형수님이 첫날밤에 괜히 소리나는 열쇠를 가지고 있는 것보다 제가 가지고 노는 것이 더 나을 것 같아요.."
그러자 형이 웃음 반 짜증 반으로 소리를 쳤다.
"야, 이놈아, 그 열쇠인지 쇳대인지 가지고 어서 가버려라."
"형수님도 제가 나가면 좋겠지요? 자, 불청객은 물러갑니다. 안녕히 주무십시오. 용꿈 꾸십시오."
"저놈이 우리를 놀리네그려."
신랑은 이러는데 신부는 안절부절못하였다. 그리고 첫날밤 막내는 방문 밖에서 밤을 새우다시피 하였다. 그 때문인지 별다른 일은 생기지 아니하였다. 얼마나 다행인지 모른다.
이튿날 막내는 열쇠를 줄 생각은 안하고 형과 형수에게 부득부득 어서 집으로 가자고 졸랐다.
"이놈아 장가오면 처가에 삼 일간 있는 것이 법도여. 왜 이리 빨리 가자고 야단이야? 너는 줄곧 나한테 훼방꾼이구나."
"훼방꾼? 내가 방해를 논다고? 나는 이 집이 괜히 무서워. 빨리 집으로 가고 싶어."
"네가 어리니까 그렇지. 나는 안 무서운데…"
"그래도 형 가자. 어서, 응? 집으로."
이렇게 보채는 바람에 어쩔 수 없이 형인 신랑과 신부와 말썽꾸러기 막내는 집으로 돌아왔다.
이러저러해서 이들은 잘살고 있었다. 집에 와서 물론 막내는 칭찬을, 아니 편잔을 많이 받았다. 계속 남의 신혼을 망쳐놓은 놈이라고, 그러거나 말거나 막내는 여전히 형님과 형수를 위하면서 서당을 다녔다.
반 년쯤 되었다. 사돈네 집에서 사람을 보냈다.
"신방으로 쓰던 방을 청소하려는데 열쇠가 없구나. 그 방 안의 뒤주도 치워야 하고 방도 열어야 하고 열쇠를 가져갔으면 보내다오."
"아차, 그 열쇠구나. 내가 첫날밤에 가져온 것 깜빡 잊었네. 형님, 형수님, 이 열쇠가 맞지요?"
"예, 맞아요."
이런 말을 하는 형수의 얼굴에는 그늘이 있었다. 아니, 두려움이 서렸다. 시동생을 제대로 보지도 못하였다.
열쇠는 반 년 만에 집으로 돌아갔다. 물론 신방을 열고 신방에 있는 뒤주도 열어보았다.
그 뒤주 속에 무엇이 있었던가? 커다란 뒤주에 요강이 있었다. 음식그릇이 있었다. 그보다 명태처럼 뻬쩍 마른 그 무엇이 있었다. 중인지 속인지 모를 만큼 머리가 난 이상한 두상을 한 시체가 있었다. 옷 속에 뼈만 있는 이 시신은 누구의 시신인가? 알아볼 수도 없는 중의 시신이 뒤주 속에 있다니, 굶어 죽고 목말라 죽었던 것이다. 들어갈 때는 어찌 들어갔는데 나오려고 할 때는 자물통으로 잠가서 못 나오고 죽었으니 뼈의 주인은 누구란 말인가?

사람이 죽어 있는데도 반 년간이나 모르고 살았던 것이다. 이것이 지금이라도 토설(吐說)된다면 그 얼마나 심각한 일이 벌어질 것인가?

"아!"

그날 밤 어른들은 이 뒤주에 든 무서운 시신을 소문도 내지 아니하고 치워버렸다. 뒤주도 태워버렸다. 이렇게 생명 하나가 사라져버린 것이다.

세월이 흘렀다. 한 사오십 년이 지나간 것이다. 검은 머리가 파뿌리가 되었다.

형도 늙었다. 형수도 늙었다. 막내동생도 다 커서 어른이 되어 장가를 가고 자식을 두었다. 물론 형과 형수도 자식을 두고 그 자식이 출가까지 하였다. 그 사이에 양가 부모는 나이가 들어서 다 돌아가시고 형과 형수가 제일 어른이 되고 시부모가 되고 할아버지와 할머니가 되었다.

회갑잔치를 벌였다.

그 얼마나 즐거운 잔치인가? 덩실덩실 춤을 추고 술을 마시고 일가가 다 화기애애하였다.

"형님, 형수님. 환갑이 되시도록 사신 것을 시동생으로서 축하합니다."

"고맙다. 지난날 우리 신방에서 그리 훼방을 놓더니만…"

그날 밤, 다들 피곤하였는지 곯아떨어져서 잠이 들었다. 모두 자는데 단 세 사람은 자지 아니하였다.

"형님, 형수님, 이 나이에 갈라설 수 없지요? 아이들도 다 컸고 두 분 금실이 이리 좋으니까요."

"너, 갑자기 무슨 소리냐, 너도 늙어가는 마당에 또 신혼 훼방이냐?"

"형수님, 제가 그때 그 뒤주 열쇠를 가로챈 것 잘했지요?"

"아아, 다 아셨군요. 그로부터 사오십 년간 그리 입이 무거우셨습니까? 정말 고맙습니다."

형이 물었다.

"너, 또 무슨 소리냐?"

그러자 동생은,

"아직도 형수가 좋아서 하는 소리입니다."

하더란다.

귀한 자식일수록
초년 고생을 시켜라

　옛날 한양에 이정승이라는 대신이 살았다.
　벼슬은 살아서 나라에 충성을 하고 의견을 펴서 국태민안(國泰民安)의 선행을 하는 것이 정한 이치지만 실제로 큰 벼슬이든 작은 벼슬이든 살다가 보면 정학(핍박)을 하는 일이 없지 않고 원수를 삼고 저주를 받을 일도 생긴다. 나라 일을 하는 사람이 천이면 천, 백이면 백 사람에게 다 잘해 줄 수는 없는 법이다. 이 이정승은 삼대독자 외아들을 두었다.
　'왜 이리 손이 귀할까? 내가 벼슬을 살면서 남에게 못할 일을 많이 하여서 이리 손이 귀한가보다. 이제 더 자식을 볼 수는 없으니 있는 외아들이나 잘 길러보자.'
　이런 마음을 먹고서 생각에 생각을 거듭한 끝에 신실(信實)한 종 하나를 불러서,

"애야, 너는 우리 집 도련님을 모시고 충청도에 내려가서 산 좋고 물 좋고 인심이 좋은 데 가서 터를 하나 잡아라. 나는 곧 뒤따라가마."
라는 말을 하며 하인을 보냈던 것이다.
 그곳은 기름질 옥(沃)자, 내 천(川)자, 옥천 땅이었다. 이 옥천에, 종이 주인네 삼대독자 외아들을 데리고 내려와서 터를 잘 잡아 사는데, 얼마 후에는 이정승까지 벼슬을 그만두고 내려와서 농사를 짓고 신선같이 마음 편하게 사는데, 하루는 중 하나가 동냥을 와서 문제를 일으켰다.
"허허, 애가 이쁘기는 이쁘다마는… 쯧쯧."
 이 집 아홉 살짜리 귀하디귀한 외동아들이 동냥을 주자, 중이 보고서 혀를 쯧쯧 차면서 이렇게 말하는 것이었다. 그리고 중은 돌아섰다.
 아이는 즉시 아버지에게 일렀다.
"아버지, 저보고 스님이 이쁘기는 이쁘다마는… 하면서 서를 딱하게 보고 가는데 참 이상해요?"
"응, 뭐라고? 우리 천금 같은 아들한테 그럴 수가 있는가? 즉시 가서 스님을 모시고 오너라."
 중은 이 집을 나가다가 되돌아와 이정승의 추궁을 받고서 한참 생각을 하더니,
"제가 사람의 운세를 좀 압니다. 도련님은 명이 짧습니다. 짧아서 삼 년을 넘기기가 어렵습니다. 부모에게는 금지옥엽 같은 자식이지만 저에게는 동정과 연민의 정이 뭉클한, 불쌍한 아이일 뿐입니다."

"아, 그렇다면 내가 어떻게 해야 저애를 연명시켜 장수토록 한다는 말이오?"

"아들을 살리려거든 저에게 십 년간만 맡기십시오. 지금 당장 저애가 입은 옷 그대로 데리고 가게 하소서. 그 동안 입을 옷보따리는 즉시 챙겨주시고요. 영영 이 세상에서 자식을 잃느니보다 지금 저를 믿고 십 년간 못 보는 것이 나으리다. 제 말을 믿고 따르시겠습니까, 대감님?"

"허허, 자식을 살리자면 어쩔 수가 있는가? 내 아들아, 저 스님을 이제 아버지삼아서 따라가거라. 여보 마누라, 훌쩍훌쩍 울지 말고 어서 옷보따리를 내주오. 이별 다음에 있을 상봉을 기대해야 하지 않겠소. 허허허, 스님, 우리 아들을 잘 데려가서 거두었다가 돌려주오."

"예. 자, 아가 이 옷보따리는 네 것이니까 네가 들어라. 내가 앞장 서서 먼저 갈 테니 너는 나를 놓쳐서는 안되느니라. 자, 해 넘어가겠다. 갈 길이 머니까 어서 떠나자. 자, 보따리를 챙겼으면 빨리 가자꾸나."

이러면서 가는데, 아홉 살짜리가 제 옷보따리일망정 비척비척 힘겹게 들고서 중을 따라나서는 것을 보자 부모 마음이 미어졌다. 눈앞이 캄캄하였다. 하나를 보면 열을 안다고 장차 자기의 금 같은 아들이 고생을 할 것은 명약관화하였다. 징검다리가 있는데 여기에서도 어린아이가 짐을 들고 건너게 하는 저 중, 실로 무정하구나. 대자대비 부처님을 섬기는 중치고는 무정한 중이로다. 이런 탄식과 원망을 하는 중인데 어느 새 중과 아들이 안중에서 사라져버렸다. 멀리멀리 가버린 것이다.

중을 허위단심 따라가던 이 아홉 살짜리는 산을 넘고 물을 건너고 다시 산을 넘다가 그만 중을 잃어버렸다.
"아이고, 어떡해? 엉엉엉!"
아이는 한참 울었다. 울다가, 이럴 때가 아니다 싶어서 돌막(돌맹이)을 하나씩 주워다가 자기 키 높이로 성을 쌓았다. 돌쌓기를 찬찬히 공을 들여 수월찮이(꽤) 높이 쌓고 보니까 거기에 자기 몸 하나를 넣을 만하였다. 이럴 때에 해가 졌다. 그런데 비록 성이 있다고 하나 이 심심산중에서 밤을 지샐 수가 없어서 두리번두리번거리다가 저 아래 묵정밭(묵은 밭)을 매는 할머니를 보았다. 즉시 가서,
"할머니, 할머니! 제가 이러고저러고 해서 스님을 놓쳤는데 하룻저녁 재워주십시오."
라고 하니까, 불쌍한 것, 그럼 같이 우리 집에 가자고 하면서 친절하게 데려갔다.
"이제 밥을 먹었으니까 저 아랫복에 가서 자거라. 나는 베를 좀 짜다가 자마."
아이는 이 할머니가 실로 고마워서 잠을 쉬 잘 수가 없었다. 뭐 도와드릴 것이 없는가 하고 여기저기 실눈으로 둘러보다가 할머니가 떨어진 뱃날을 잇는 장면을 보았다. 뱃날 실이 떨어지면 침을 묻혀 덧솜을 붙여서 무릎 위에 놓고 손바닥으로 도르르 밀어서 하나로 만드는 것이 뱃날잇기인데, 아, 그 할머니의 쎗바닥(혓바닥)이 둘이었다. 둘! 그냥 할머니가 아니었다. 정나미가 순간 뚝 떨어졌다. 탈출, 도망… 살그머니 일어섰다.
"왜 일어나느냐?"

"할머니, 나 소피보러(소변보러) 갈래요!"
"내 요강 갖다 주마."
"할머니 나 물 좀 먹을래요!"
"내 물 갖다 주마."
"할머니, 나 똥 마려워!"
"이것이, 왜 이리 방정이냐? 가만히 있지 않고서. 곧 내 밥이 될 터인데…"
"휘이익—"

아이는 무조건 문을 박차고 도망을 쳤다. 담을 넘었다. 누가 불끈 들어올려 준 것같이 잘 넘었다. 달리고 달렸다. 이 아이 뒤를 쉬리릭— 하고 따라오는 것은, 갈라진 혓바닥을 날름거리며 덮칠 듯이 다가오는 구렁이. 대가리는 빳빳이 세우고 꽁지만 땅에 잘잘잘 끌면서 쉬리리릭 쉬리리릭 쉬리리릭 소리를 내며 오는구나. 아이는 도망을 치다가 아까 낮에 자기가 쌓아놓은 돌담 안으로 들어가서 문을 꽉 닫아버렸다. 마치 누군가 도와준 것같이 손쉽게 닫았다. 구렁이는 이 돌담, 돌성 안으로 들어오지 못하고 빙빙 돌면서 군담을 하였다.

"분하다. 이놈이 언제 이리 공들여 빈틈없이 돌성을 쌓아놓았다는 말인가? 들어갈 구멍이 없구나. 어린것이 제 살 궁리를 철저히 했구나. 아까 낮에 시간을 헛되이 보내지 아니했구나. 나는 이제 어떡하지? 내가 십 년을 공부한 것은 구렁이 탈을 벗고 인도환생을 하자는 것인데, 저 어린것을 잡아먹으면 되는데, 집에 찾아가서라도 잡아먹으려던 놈이 제발로 여기까지 와서 걸려들었는가 했는데, 저렇게 돌성 안으로 들어가버렸으니 십 년 공부 도로아미타불이로다!"
 날이 밝았다. 구렁이는 안 보였다. 대신 저쪽에서 마상객(馬上客) 하나가 가까이 오고 있었다.
 "할아버지, 저 좀 살려주세요!"
 "오냐, 살려주마. 오갈 데가 없으면 우리 집에 가서 머슴이나 살아라."
 이리하여서 이 아이는 그만 마상객 노인집의 꼴머슴이 되어 버렸다. 중은 여전히 어디 가고 나타나지 아니하였다.
 아이가 착실하였다. 주인의 눈에 들었다. 어디서나 성실한 아이가 되어 있었다. 지난날 응석받이 삼대독자 정승네 외아들이 말이다. 그런데 다른 머슴들은 이 어린것이 너무 고임을 받자 시샘이 난 나머지 하루는 산에 나무하러 가자고 데려가서는 소나무에다 묶어놓고 호랑이 밥이나 되라고 하고서 내려와 버렸다.
 허허, 참 기가 막힌 액운이 또 닥치는구나. 꼭 이때에 기저이 일어나는 법인가. 백발 노인 셋이 이 산으로 올라오더니 묶여서 울고 있는 아이를 보고는 풀어주고서,
 "아가, 우리는 여기서 바둑을 둘 테니 너는 우리 무릎을 베고 한숨 자거라."
하지 않는가? 참으로 고마운 노인들이었다. 혹시 신선이 아닐는지.
 날이 밝았다. 노인들은 바둑을 다 두고서 어디론가 가버렸다. 아이 혼자만 바위 위에서 웅크리고 잠을 잔 것이다.
 "아이고, 어서 주인집으로 가자!"

아이가 집으로 달려오자 주인집에서는 반갑다고 난리가 났다.

"야, 너 일 년간 어디에 가 있었느냐?"

"옛? 내가 일 년 전에 집을 나갔다고요?"

아니, 이런 말을 하는 중머슴 상머슴이 뻔뻔스럽기도 하다만, 아, 신선세계의 하룻밤이 인간세계에서 일 년이던가?

아이는 그 집에서 구 년을 더 머슴살았다. 어느 날 쇠죽을 끓이려는데 긴 머리가 자꾸 흘러내려 아궁이에 닿을 것 같아 주인 집 큰딸에게 빗 좀 달라 하니까 안된다, 둘째 딸보고 또 빗 좀 달라니까 안된다 하였다. 그런데 셋째 딸은 빗을 선뜻 내주었다. 여자가 주는 빗, 수건 등은 건즐(巾櫛)이라 하여 아내가 된다는 상징이다. 아이는 그리하여서 셋째 딸의 마음을 갖게 된 것이다.

그러나 주인은 머슴을 사위로 삼을 수 없다고 토굴 속에 이 기구한 아이를 가두어놓고 내일 모레면 물에 던져버리려 하는데…

한편 십 년이 되자 자식이 그리운 정승이 천 냥짜리 점을 쳐보았더니 점쟁이가 돈 천 냥을 받고는,

"어서 어서, 충청도 어디로 누구를 찾아가시오 늦으면 죽습니다. 아들의 명이 경각에 달렸습니다."

정승이 과연 천 냥 점을 친 대로 죽어가는 아들을 찾아오는데 그 무책임하고 밉살스러운 중이 어디서 나타나서 빙긋 웃는구나.

"이 땡중아, 우리 아들을 이리 고생시켜? 죽일 거야!"

정승이 화가 나 달려들려고 하자 중은,
"하하하, 구렁이한테 쫓겨 담 넘을 때 내가 보듬어서 넘겼소. 머슴들한테 소나무에 묶였을 때 내가 풀어서 무릎에 재웠소. 주인집 토굴에 갇혔을 때 내가 천 냥 받고 점을 쳐주었소. 옛소, 여기 천 냥을 돌려드리리다. 하하하, 귀한 자식일수록 초년 고생을 시키시오. 세 번 죽을 고비를 스스로 넘겨야 자식이오. 자식을 집 안에서만 오냐오냐 기르면 단명하고 무능해지오. 하하하, 객지에 보내 고생을 시켜야 내 자식이 출세한다오. 나는 인간 운명을 맡은 신이외다. 하하하, 잘들 계시오."
하면서 유유히 사라지는구나.

둘째 마당

어머니, 어느 누가 이 흉년에
매일 쌀을 퍼줍니까? 제 몸을 그 집
종으로 팔아서 이렇게 가져오는 것입니다.
쌀밥을 잡수시면 어머니가 기뻐하시고
몸이 성하실 줄 알았는데…

콩밥 숭늉은 바가지에
먹어야 제 맛

옛날에 홀아비로 사는 퇴직 재상이 있었다. 비록 지난날 일이지만 일인지하 만인지상(一人之下萬人之上)의 고귀한 정승이었던 그도 나이는 못 이기고, 홀아비가 된 그 고독은 어찌할 수가 없었다.

퇴직 재상의 아들도 벼슬을 지내느라 집을 떠나 있어 며느리가 봉양을 하는데, 이 집에는 나이가 든 여종이 하나 있었다. 하루는 여종이 부엌에서 일을 하고 있는데, 보니까 시아버지가 여종이 일하고 있는 것을 눈여겨보고 있었다. 그 눈빛은 민망할 정도였다. 잠시 후 며느리가 나타나자 시아버지는 얼른 사랑방으로 가버렸다.

'야, 저 정도라니 이거 안되겠다. 비록 시아버지가 지난날 천하를 호령하였을망정 지금은 여종의 뒤를… 빨리 무슨 조처

를 취해야겠구나!'
 며느리는 안타까운 마음이 들어서 여종을 불렀다.
 "너, 이리 오너라. 어서 머리를 감아라."
 여종은 어리둥절하였다.
 "내가 네 머리를 씻겨주마."
 그러니까 여종은 더 어리둥절하였다.
 "내가 네 머리를 쪽찌어주마. 이리 올려주마."
 여종은 더더욱 어리둥절하였다.
 "내가 자네에게 새옷을 입혀주겠네."
 그러니까 이 여종은 이제 울먹울먹하기까지 하였다.
 "내가 주안상을 그대에게 줄 테니 우리 시아버님 방으로 가지고 들어가시게."
 그 말을 듣고 여종은 그만 울어버렸다.
 "어서 들어가시게. 이 경사스러운 날 울어서 쓰겠는가?"
 "…"
 눈물을 닦고 여종이 주안상을 가지고 사랑방으로 들어가니까 혼자 있던 시아버지가 의아해 하며 물었다.
 "이 야심한 때에 웬 술상을 보아왔느냐? 그리고 네 옷차림이며 머리가 웬일이냐?"
 "안마님께서 그리 했습니다. 대감님을 잘 모시라고…"
 "음. 그래? 고맙다. 우리 며느리가 참 효부로구나. 나나 너나 다 그의 은공을 입었구나!"
 며칠이 지났다.
 서울에 갔던 재상 아들이 집으로 돌아오는데, 가족들이며 몸종들이 모두 나가서 줄지어 서서 어서 오시라고 영접을 하였다.

"어? 저 종년 머리 좀 보아라."

재상 아들은 놀랄 수밖에 없었다. 자기가 없는 사이에 여종이 머리를 얹었으니 혼인을 하였다는 것이 아닌가?

"아니, 저 여종이 머리를 얹었었네? 어떤 놈이 얹어주었냐? 내 승낙도 없이 누가 여종을 시집보냈느냐 말이다!"

재상 아들은 노발대발이었다. 여종은 대개 남종과 짝을 짓는 법이지만 주인도 모르게 종들끼리 눈이 맞아서 식을 올려 내외가 된 경우는 드물었다. 여종의 주인이요, 가장인 자기가 마땅히 알아야 할 것이 아닌가? 여종의 외모를 보고서 재상의 아들은 화가 날 만도 하였다.

"응? 어떤 놈이 감히 저 머리를 얹었어? 어떤 놈이야! 당장 불러오너라 그놈을!"

일은 실로 딱하게 되었다. 그 어떤 놈이 누구인가. 다들 안절부절 못하였다. 이때 며느리가 얼른 나가서 염치불구하고 남편의 입을 막아버렸다.

"쉬잇!"

"음, 아버님께 먼저 문안을 드리고 저 종년을 혼내더라도 혼내라고? 그래도 늦지 않다는 말인가? 그렇다면 아버님을 먼저 뵙시다."

이렇게 아들은 아내에게 말을 하였는데 아내는,

"제발 조용히 계셔요!"

하고 부탁을 하였다. 아들은 곧 아버지께 가서 공손하게 큰절

을 올렸다. 그러고는,

"아까 들어서자마자 종년의 일로 제가 큰소리를 쳐서 죄송합니다. 어른이 계시는데 큰소리를 내어서…"

"음…"

아버지의 얼굴색은 아주 안 좋았다. 목소리도 기운이 없어 보였다. 그래서 아들은,

"아버님, 어디 편찮으십니까? 의원을 부를까요? 왜 그러십니까? 안색이 안 좋으십니다, 아버님."

"음음."

아버지는 여전히 신음을 하듯이 음음— 하는 소리만 내었다. 그래서 더욱 걱정스러워서 다시 말을 여쭈려는데, 아내가 와서 옷자락을 힘있게 끌어당겼다. 그래서 아들은 미처 아버지께 더 안부 말씀을 사뢰지 못하고 나올 수밖에 없었다.

"부인, 내가 며칠 못 뵌 사이 아버님이 편찮으신가 본데. 왜 나오라고 그리 옷자락을 세게 잡아당기는 것이오? 남사스럽게, 남녀가 유별인데 이런 실례를 양반의 마나님으로 할 수 있는 것이오?"

"이리 안방으로 어서 들어오십시오, 큰 소리 내지 말고서."

"아니, 안방이라니? 백주 대낮에 남자가 안방 출입을 해서야 되겠소?"

"이리 좀 들어오십시오, 제발."

"도대체 왜 이러시오? 나 없는 사이에 집안이 이상해졌구려. 우선 저 종년 머리를 어느 놈이 얹어주었는가 그것부터 말하시오. 당장 혼을 낼 테니까."

"쉬잇, 조용히. 아버님이 여차여차 저차저차해서…"
 그러자 이번에는 남편의 얼굴이 흙색이 되었다. 어쩔 줄을 몰랐다. 기가 막혔다. 여종이 자기 새어머니가 된 것이 기가 막힌 것이 아니라 사정도 미처 알아보지 아니하고 어떤 놈이냐고 큰 소리를 친 것이 당혹스러웠다. 그 어떤 놈이 바로 자기 아버지일 줄이야! 아들로서 홀로 계신 아버지의 고독을 생각이나 했던가? 오죽하면 아버지가 여종의 꽁무니를 따라다녔을까? 아, 아내가 정말 잘하였구나. 효도를 하였구나. 반면에 자신은 지금이나 예전이나 불효를 하고 있구나. 한 나라의 재상이 되어서 집안일이 어찌 돌아가는지도 모르고 살다니… 거기에 비하면 자기 아내는 얼마나…
 아들은 아내에게 그만 큰절을 넙죽 하였다.
 "하, 정말 잘했소이다."
 아버지는 실로 면구스러워하고 있었는데 아들의 태도가 궁금하여 문구멍을 뚫고서 이 광경을 보고는 문을 살짝 열면서 말하였다.
 "얘야, 내 대신, 내 몫까지 절을 한 번 더 해다오."
 며칠 후 아들은 집을 새로 장만해서 시아버지와 여종, 지금은 새어머니의 살림을 따로 내서 보내드렸다. 아버지를 분가(分家)시켜 드린 것이다. 이런 경우 따로 살게 해드리는 것이 도리라고 생각했다. 대신 아들이 조석으로 문안을 드리러 갔다.
 하루는 가보니까 새어머니가 된 여종이 바가지에다 밥을 담아서 자기 아버지에게 드리는 것이었다.

"아니 저런 고얀!"

차마 지금은 년이라고 할 수가 없었다. 실로 버릇이 없고 불경(不敬)스러운 짓이었다. 감히 바가지에다 밥을 드리다니, 그래서 아들은 그만 화가 났다. 그러자 아버지가 달려오더니,

"얘, 아무 말도 말아라, 제발 조용히."

하지 않는가?

"그래도 그렇지요, 바가지 밥이 웬 말입니까?"

"아니다. 콩밥 숭늉이란 바가지에 담아 먹어야 제 맛이 나느니라."

그러면서 아버지는 콩밥 숭늉을 바가지째 후루룩 마시는 것이었다.

아들은 말없이 집으로 돌아와서, 아내에게 말하였다.

"인생을 또 배웠소이다. 부인, 콩밥 숭늉을 바가지에 담아주어 보시구려, 하하하하."

부인은 그저 웃고만 있었다.

콩밥 숭늉과 같이 구수한 인정 이야기로다.

과연 시집가면 딸들은 모두 도둑인가

옛날 어떤 곳에 한 영감이 살았는데, 그에게는 딸이 셋 있었다고 한다.
"시집을 가려느냐?"
"물론이지요."
"누구한테?"
"그야 아버지가 정해 주신 대로요."
"허허허허, 내 딸이로고."
이렇게 하여서 큰딸은 아버지가 정한 신랑감에게 별말 없이 시집을 갔다. 그저 속썩이지 아니하고 잘살았다. 그럭저럭하는 사이에 둘째 딸을 시집보낼 때가 되어서 불러 앉혀놓고 물었다.
"시집을 가려느냐?"
"물론이지요."

"누구한테?"

"그야 아버지가 정해 주신 대로요."

"허허허허, 내 딸이로고."

이리하여서 둘째 딸도 무난히 혼례를 치렀다. 이제 셋째 딸 차례가 되었다. 무척 사랑스러운 딸이었다. 이 딸에게는 물어 보나마나일 것이지만 제 언니 둘에게 했듯이 시험삼아 물어보았다.

"아이구, 우리 예쁜 셋째야, 이제 시집을 갈 때가 되었지?"

"글쎄요."

"응? 글쎄요라니?"

"저 혼자 갑니까? 남자가 있어야지요. 남자 없이 여자 혼자 시집을 갑니까?"

"어허, 어디서 애비한테 함부로 하는 말버릇이냐? 그래, 남자는 이 애비가 정해 주면 되지 않겠느냐?"

"아버지, 시집은 제가 갑니다. 제 낭군님은 제가 고릅니다."

"허허허허, 이런 고얀지고. 그래 그놈이 어디 있느냐? 어디 당장 데려와봐라."

"아직 나타날 때가 안되었습니다."

"음, 그만둬라. 애비 은공도 모르는 저것을 애지중지하다니. 갈 테면 가고 말 테면 말아라. 난 모른다."

"아버지 역정 내지 마십시오. 다 때가 되면 제가 어련히 알아서 가겠습니까?"

"어허, 그만두라니까."

이렇게 해서 아버지는 속이 단단히 상하였다. 저럴 줄 몰랐다. 금이야 옥이야 기른 것이, 그중에 귀염을 독차지한 막내가 저럴 줄이야…

아무리 좋은 데가 나서도 시집은 안 간단다. 말 테면 말아라 하는 분위기가 집 안에 가득하였다.

"하마 올 때가 되었는데, 하마 올 때가 되었는데."

이러면서 신랑감을 기다리는데 오기는 어디서 와? 하늘에서 뚝 떨어지면 몰라도 이 근방에는 신랑감이 하나도 없는데 저런 넋두리만 연방 해대는구나.

"하마 올 때가 되었는데. 하마 올 때가 되었는데."

이렇게 초조하게 기다리던 어느 날, 아닌게아니라 웬 총각 하나가 오기는 왔는데, 거적때기를 둘러멘 거지 같은 것이, 고개는 쭉 빼고 다리는 절고 형편없이 초라한 행색으로 막 문전축객을 하려는 판인데, 이 집 막내딸이 버선발인지 맨발인지 막 달려나오면서,

"아이구, 이제 오시나이까? 어서 들어오시와요."

이러면서 잡아끄는구나. 원 기가 막혀서. 하마 올까 하마 올까 기다리던 낭군이 고작 저 모양이야? 기가 막혀서 어쩔 줄을 몰랐다.

"아버지, 이 사람이 제가 기다리고 기다리던 그 사람이랍니다. 사위로 받아주십시오."

"…"

할 말이 없었다. 너무나 실망이 컸기 때문이다. 그러거나 말거나 이미 내 자식이 아니라 해도 눈에서 벗어난 막내딸은 저 좋아 죽겠다는 식이다. 찬물 한 그릇 떠놓고 예를 올리더니

뒷방에다가 신방이라고 떡 차린다. 어디 안 보는 데나 가서 산다면 모르는데 한집에서 조석으로 보아야 하니 아버지 마음이 말이 아니었다. 자기 말만 듣고 군말없이 시집가서 잘사는 두 딸은 그렇게 예쁠 수가 없고 이 막내는 그리 미울 수가 없었다.

보기 싫어서 좀 떨어진 데다가 저금(분가)이라고 내주었다. 장 한 되, 쌀 한 되, 숟가락 문드러진 것 하나, 깨진 솥단지 하나. 이것이나 갖고 가서 너 좋다는 놈하고 한번 잘살아보라는 아버지의 억하심정에서 나온 행동이었다.

이들은 수숫대로 움막집을 하나 지어서 그런 대로 군말없이 살아갔다. 이상할 정도로 잘사는 것이다. 꼴도 보기 싫어서 자주 찾아가 보지도 아니하는데 하루는 딸 내외가 와서 작별인사를 드린다.

"아버지, 그 동안 고마웠습니다. 이제 저희 내외는 멀리 갑니다."

"허허허, 시원섭섭하구나. 꼭 미친 개 호랑이한테 물려간 꼴이다. 허허허, 그래 어디로 가려느냐?"

"아버지, 행여나 나중에 저희를 찾아오시려거든 헌 산을 찾아오십시오."

"허허허, 헌 산이라? 어찌 이름이 그러냐? 새 산도 있을 것인데 헌 산이라니, 꼭 너희 살림살이 같구나. 그래, 나중에 한번 찾아가보마. 헌 산이라는 데에…"

이렇게 농담삼아 말했던 것인데, 사람 일이란 알다가도 모를 일이다. 입바른 소리는 말아야지, 앞일을 누가 아는가. 결국 아버지는 이 미운 막내딸을 찾아가게 되었던 것이다.

가려면 가고 말라면 말라던가, 호랑이한테 물려간 미친 개 격이라던 막내딸이 떠나간 뒤로 이상하게 집이 기울기 시작하였다.

솔솔 재산이 나가고, 우환이 도둑이라고 자꾸 집안에 병치레며 사고가 나서 이제 영영 기울어지고 만 것이다. 아버지가 잘살 때는 알랑알랑거리고 우리 아버지가 제일이라고 떠받들던 큰딸이 딱 발을 끊더니, 찾아간 아버지를 며칠 만에 밥값이 아깝다고 나가라는 투니 이를 어찌할거나. 마찬가지로 아버지에게 재롱을 떨며 올 때마다 하나씩 둘씩 가져가며 효자인 척하던 둘째 딸도 아버지를 며칠 못 보고 남편 보기 창피하다고 어서 나가라고 하누나. 이를 어찌할거나.

"허허허, 다 망해 버리고 형편이 없이 되니까 딸에게 괄세를 받누나. 자 막내딸, 그 어디더라? 새 산, 아니지, 헌 산? 오라 헌 산이지, 헌 산을 찾아가 보자. 그런데 헌 산이 도대체 어디 있다는 말인가? 물어물어 찾아가 볼 수밖에 없구나."

이리하여서 아버지는 정처없는 나그네가 되어버리고 말았다. 발길따라 지팡이 닿는 대로 오직 헌 산, 헌 산이라고 염불인지 타령인지 하면서, 헌 산 헌 산 헌 산 헌 산을 찾아다녔다.

그러다가 한 마을을 가니까 아이들이 어울려 신나게 노는데, 장치기라고 지게 작대기로 솔방울 크기의 나무공을 쳐서 문에다가 놓는 놀이를 하고 있었다. 그런데 위험하게도 이 나무공이 휙 날아가서 어린아이 머리를 딱 때렸다. 아이 머리에서 피가 나오자, 영감은 안쓰러워서 얼른 가서 머리를 싸매주었다.

그랬더니 아이가 울먹이면서,

"헌 산이 어디인 줄도 모르는 것들이 공을 마구 치고 야단이야."

라고 하지 않는가? 헌 산이라고? 아버지는 귀가 번쩍하였다.

"아가, 금방 헌 산이라고 했느냐? 너 헌 산을 아느냐? 나 좀 데려다다오."

"예, 저를 이렇게 돌보아주신 은인인데 가르쳐드리고말고요. 따라오십시오."

이러지 않는가? 아이는 산꼭대기로 올라가고 또 올라간다. 지치지도 아니한다. 영감은 무척이나 힘이 들었다. 이때에 마침 떠꺼머리 총각 하나가 커다란 나뭇짐을 지고 나온다.

"저 총각에게 물어보십시오. 저는 가겠습니다."

이러면서 아이는 훌쩍 내려가는데 순식간에 종적이 없다. 이상하다? 그러는 사이에 총각이 다가왔다.

"헌 산을 가려면 어디로 가오? 좀 가르쳐주시오."

"아이구, 이 영감 참 고약하네. 저 고개만 넘으면 헌 산인데, 여기까지 다 와서 묻기는 뭘 묻노? 참 고약하고 싱겁네그려."

이러면서 산을 내려가 버린다. 순식간에 종적이 없다. 아, 이 산은 사람이 내려가기만 하면 다 없어지는 곳이란 말인가? 하여간 가보기나 하자. 총각이 가르쳐준 대로 고개 고개 넘어서 가니까, 한 곳이 편편한 곳에 새가 호로롱 날아갈 것만 같은 기와집이 하나 있다. 이 산중에 웬 기와집일까? 하며 저기 가서 물어볼까 하는데,

"아이구 아버지, 이제 오십니까? 하마 오실까, 하마 오실까, 기다렸답니다. 어서 올라오십시오."

이러지 않는가? 하마 올까라니? 우리 딸이 어찌 여기 와서 이리 잘살지? 궁금하였다.

"아버지, 오시다가 만난 어린아이와 떠꺼머리 총각은 다 제가 부리는 사람들이랍니다. 안내하라고 보냈지요."

"허허허, 너 대단한 세력가구나. 이 산중에서. 그래 사위는 어디 갔느냐?"

"천상에 일 보러 갔습니다. 고단하실 터인데 한숨 주무시고 나시면 올 것입니다."

"사위가 천상에 올라갔다가 내려왔다가 해?"

"예, 어서 쉬십시오 천천히 말씀드릴 테니까요."

"허허허. 개똥만큼도 여기지 아니한 이것들이 뭐 기와집에, 부하에 천상 근무라고?"

고단한 김에 한숨 잘 자고 나니까 깨운다. 어느새 사위가 하늘에서 내려와서 저녁밥을 같이 들자고 한다. 그러면서 자기 내력을 이야기한다.

이 내외는 천상 군자요, 선녀인데 지상에 내려와서 하나는 부잣집 막내딸로 호강스럽게 잘살고 하나는 초라한 거지요, 몸이 불편한 신세로 살았노라고 한다. 딸은 교만하지 아니하고 거지는 당당하여서 다시 만났다고 한다.

나이가 차면 부모에게서 독립하여서 잘사나 못사나 당당히 살아가는 것이 자식의 도리이며, 이런 자식을 나무랄 것이 아니라 잘한 일이라고 칭찬을 해야 부모 도리라고 말하였다. 천

년 만년 부모 품안에서 응석이나 부리며, 시집가서도 친정을 뻔질나게 다니며, 딸은 예쁜 도둑이라는 말 그대로 하나씩 둘씩 친정 재산을 빼가는 자식은 불효막심한 딸이며, 지금은 안 그래도 장차는 나 몰라라 하고 부모를 괄세할 것이라고 사위가 말하였다.

어허, 우리 사위가 인생사 철리(哲理)가 훤하구나. 들어보니 구구절절이 옳구나. 저런 사위를 내쫓다니. 저런 사위를 찾아낸 내 딸도 이인(異人)이요, 위인(偉人)이구나.

사위와 겸상을 하면서 술을 들고 보니 이것은 천상주(天上酒)라 맛이 희한하구나. 저 고향 친구들 생각이 간절하다. 아니 두 딸은 어떻게 살아가는가? 집은 어찌 되었을까? 아버지는 이 생각 저 생각 하다가 잠을 자지 못하였다.

헌 산 생활은 재미가 있었다. 모든 것이 편하였다. 사위가 들려주는 천상 이야기가 신기하였다. 그런데 속세가 왜 이리 그리운지 몰라. 그래서 한 번은 내려가 보겠다고 딸에게 말하였다.

딸과 사위는 펄쩍 뛴다. 내려가면 실망할 것이며 다시 여기에 못 올 것이라고 극구 말린다. 그러나 아버지는 속세가 그리웠다.

이것은 천상계에 올라간 사람이 갖는 속세에 대한 그리움으로 한국 설화에 자주 나타난다. 어쨌든 간에 아버지는 고집대로 딸과 사위의 만류를 뿌리치고 지상으로 내려왔다. 그랬더니 아, 집은 쑥대밭이었다.

동네 사람에게 물어보니까,

"아이구, 이분이 어찌 이리 고대사를 잘 아시나? 딸 셋 둔 그 영감은 집을 나가고 그 딸의 자식의 자식이 지금 사는데, 꼭 자기가 영감인 것같이 말하네."
하고 말하니 그렇다고 할 수도 없고 아니라고 할 수도 없구나. 차라리 헌 산에서 그냥 내쳐 사는 것인데, 이제 딸 셋을 다 잃어버리고 말았구나.

그 후 영감은 이리저리 그냥저냥 살다가 죽었다고 한다.

소금장수 아버지와 곰보 어머니

조선 중기, 충청도 공주 땅에 막덕이라는 여자가 살았다. 본디는 씨가 양반이기는 한데, 양반이면 무엇하고 씨가 좋으면 무엇하는가? 현재 이 막덕이는 남의 집 몸종인데…

지금은 그런 일이 어디 있으랴마는 이전에는 극심한 흉년에 먹을 것이 없으면 인상식(人相食)이라고 서로 잡아먹었고 죽은 시신을 먹기도 하였다.

얼마나 극한의 상황이었으면 그랬을까? 먹고 살기가 힘들어서 사랑하는 자식을 부잣집에 돈을 받고 팔아넘기는 일은 허다하였다. 그 돈으로 얼마를 살고 보는 것이다. 돈을 받고 자식을 몸종으로 넘겨야 하는 부모의 심정을 그 누가 헤아린다고 할 것인가?

각설하고, 공주 땅 막덕이는 가난하디가난한 양반네 딸로서 아버지 손에 어느 부잣집 몸종으로 팔려온 것이다. 그런데 이 비극의 주인공 막덕이는 착하디착한 것이 이루 말할 수가 없었다. 과연 씨가 있구나 하는 소리가 저절로 날 지경이었다.

다만 인물은 말할 계제가 아니었다.

하루는 상전이 막덕이에게 말하였다.

"오늘은 저 산에 가서 고사리를 캐오너라!"

"예!"

오직 종에게는 "예"만 있지 "아니오"는 없는 법이고 "합니다"는 통해도 "못합니다"나 "싫어요"는 날벼락을 맞을 소리이다. 언감생심 어디서 그런 말을 하겠는가.

막덕이는 깊은 산에 혼자 가서 고사리를 캤다. 고사리라는 것이 희한한 영물(靈物)이라 한 번 난 자리에는 꼭 나는 법이다. 평소에 막덕이는 이 고사리 밭을 알아두어서 캐는 것은 편하였다. 고사리를 캐면 그 옆에 반드시 새 고사리가 난다. 말하자면 종자(種子)나 손(孫)이 끊기는 법 없이 대(代)를 이어서 나오는 생명력의 끈질김을 의미하는지라 제삿상에 이 고사리를 꼭 놓아서 숭상을 하는 것이다. 자손이 번창하고 자손이 끊기지 아니한다는 가문의식이 이 제삿상 고사리에 담겨 있는 것이다.

막덕이가 고사리를 많이 캐서 까짝까짝 이고서 내려오는데, 아, 비가 갑자기 쏟아붓듯 내리는 것이었다. 천둥번개까지 우르릉 꽝꽝 번쩍번쩍 하는 것이다. 연약한 막덕이는 당장 비를 피해야 할 판이었다. 막덕이는 알고 있었다. 근처에 높은 천장을 가진 굴이 있다는 것을. 산중 굴속이라 들어가면 어두운 곳이었다.

막덕이는 그곳으로 뛰어들어갔다. 우선 고사리 소쿠리를 내려놓고 옷이 너무 젖어 벗어서 짰다. 그리고 막 옷을 도로 입으려는데,

"아이구, 웬 비여?"

하면서 웬 남자가 지겟짐을 지고서 굴속으로 들어오는 것이었다. 막덕은 놀라서 굴 안쪽으로 숨어버렸다. 숨소리조차 죽이면서.

"이제 망했다. 소금에 저 비가 달라붙었으니 나는 어떡하나!"

그러면서 남자는 젖은 옷을 벗어서 짰다. 그리고는 막 옷을 도로 입으려는데,

"우르릉 꽝꽝!"

하면서 아까보다 더 무서운 천둥벼락이 치는 것이 아닌가? 그러자 굴 안쪽에서 벌벌 떨고 있던 막덕이가 그만 자신도 모르는 사이에,

"아이구머니나!"

하고 소리를 질러버렸다. 그러자 소금장수도 놀라서,

"아이쿠! 이게 무슨 사람 소리여?"

하고 놀라 자빠질 지경이었다. 그리고 우르릉 꽝꽝! 번쩍 하는 순간 굴속에 있는 막덕이와 소금장수는 서로 사람이라는 것을 확인할 수 있었다. 그들은 옷차림이 형편없는 처지요, 무서워서 벌벌 떠는 처지로 어두운 굴속에서 만난 것이다.

얼마 후에 비가 그쳤다. 천둥번개도 사라졌다. 해가 났다.

언제 궂은 날씨였냐는 듯이 산천은 맑기만 하고 하늘은 파랗기만 하였다. 그래서 굴속에 든 남녀도 이제 밖으로 나오게 되었다.

"아이쿠, 이게 웬일이여?"

소금장수는 비명을 질렀다. 굴속에서 만난 여자, 손을 잡고 나온 막덕이가 너무도 추물이었기 때문이다. 얼굴은 새까만 것이 먹 같고, 빡빡 얽고 눈은 찌그러지고, 하여튼 인물이라는 것이 싸래기만큼도 없었다. 그래도 여자는 여자다. 소금장수가 비명을 지르면서 싫다고 도망을 가자 막덕은 붙들려고 따라가면서 소리쳤다.

"누구요? 어디 살아요?"

"몰라, 몰라. 소금장수일 뿐이여!"

한 달이 갔다.

두 달이 갔다.

대여섯 달이 갔다.

배가 볼록볼록 불러오더니 이제는 완연하였다.

"저런 추물에게도 애가 들어서는 일이 다 있구면."

뒷소문이 나돌거나 말거나 못생긴 몸종 막덕이는 부른 배를 안고서도 일을 열심히 하였다. 주인네는 좋아하였다. 저 불쌍한 것에게 저절로 서방이 하나 생겨서 이제 태기(胎氣)까지 맛보게 하니 큰 짐을 더는 것이었고, 또 막덕이가 아들이든 딸이든 낳으면 일꾼이 하나 저절로 늘기 때문이었다. 당시 종은 재산이었다. 그가 누구였던 간에 말이다.

아들을 낳았다. 떡두꺼비 같은 사내아이를 무사하게 낳은 것이다. 막덕이가 드디어 어머니가 된 것이다.

"막덕아, 애썼다. 잘 키워라!"

주인은 이렇게 고마운 말을 하고 해부간(産間)을 해주고 몸조리도 시켜주었다. 천한 것(賤人)일수록 무병무탈로 잘 크는 법이다. 이것이 하늘의 섭리이다. 부잣집이나 권세 있는 집 아이들이 잔병치레를 하고 천한 집 아이가 잘 크는 것은 다 사람 사는 균형이 아닌가? 이래서 세상은 살게 마련이다.

이리하여서 이 막덕이 아들은 실로 잘 자랐다. 영리하였다. 비록 어미는 추물이고 아버지는 누군 줄 모르고 신분은 몸종일지라도 몸종이라 부르기가 아까울 정도로 어린것이 방실방실 웃고 아장아장 걷고 예쁘디예쁘게 커가는 것이었다. 호박같이 오이같이 쑥쑥 크는 어린아이여!

아들은 일곱 살이 되었다.

그 어린것이 이제는 산에서 나무도 해왔다. 물 심부름, 불 심부름, 잔심부름, 쇠죽 심부름은 물론 쇠꼴도 베고 나무까지 해오는 일곱 살짜리였다. 그런 애가 얼마나 예쁜지…

하루는 이 어린것이 산에 나무하러 가서 해가 넘어가도 돌아오지 아니하였다. 호랑이가 물어갔나? 어디 낭떠러지에서 떨어졌나? 독사한테 물렸나? 오만 방정맞은 생각이 다 들었다. 막덕이는 정신없이 "우리 애기 우리 애기" 하였고 주인 내외도 자기 친손자에게 사고가 난 것같이 안절부절못하였다. 그 어린것을 산에 나무하러 보내다니 무정하다고 자책도 하였다. 이런 때에 어린것이 막 대문에 들어섰다. 그러자 애타게 찾던 마음, 미안하던 마음이 그만 분노로 변해버렸다.

"너 이놈! 왜 이리 늦었느냐? 우리 애간장을 이렇게 태우다니!"

"어린 종 하나 때문에 그렇게 애간장을 태우셨습니까?"

"허허, 이놈 보게나. 생명은 다 귀한 것이여? 그러나저러나 너 어디서 놀고 갈 데 안 갈 데 쏘다니다가 이제야 오느냐?"

"그저 가만히 앉아서 구경만 했구먼요."

"응? 구경? 무슨 구경을?"

"제가 나무를 다 해서 내려오다가 쉬는데 새 한 마리가 하늘로 높이 올라갔다가 다시 땅으로 내려왔다가 이러지를 않겠습니까? 그 새의 이름을 지으려고 궁리하다가 그만 해가 졌나이다."

"네가 새 이름을 지어? 지어서 무엇하게?"

"세상에 있는 것에는 이름이 있어야 하지요. 만물유명(萬物有名)을 하는 것이 이치니까요. 이름을 불러야지 저(거시기)라고만 해서야 되겠나이까?"

"응? 그 말도 옳다. 그래 무엇이라고 지었느냐?"

"땅 기운, 곧 지기(地氣)를 따라서(從) 벗어나려고 올라갔다가 못 벗어나고 내려오기에 종지기(從地氣)라 지었나이다."

"응? 종지기라? 봄이 되니 새가 지기를 따라서 오르내리겠지. 잘 지었다."

"예, 종지기요."

어린것은 이 말을 하면서 눈물이 글썽글썽하였다.

"애야, 내가 늦게 왔다고 때리지도 아니하고 도리어 이름을 잘 지었다고 칭찬을 하는데 왜 울먹울먹하느냐?"

"그 새가 종지기니까요."

"아!"

상전은 그때서야 깨달았다. 단순한 새 이름짓기가 아니었던 것이다.

"아, 너는 보통아이가 아니구나. 내일부터는 나무 하지 말고 공부를 하여라."

이리하여 아이는 이튿날부터 독선생 밑에서 제대로 공부를 하였다. 왜 상전은 아이의 말에 놀랐던가? 새가 지기(地氣)를 벗어나지 못하고 따른다는 종(從)은 바로 이 집 종살이를 하는 종과 같기 때문이다. 종지기새(사실은 종달새, 노고지리)는 종지기 종놈 신세와 같다는 나이 일곱 살짜리의 비탄(悲嘆)이었던 것이다.

아이는 어느덧 열다섯 살이 되었다. 이제 독선생이 더 가르쳐줄 것이 없을 정도였다. 어느 날 아이가 어머니에게 물었다.

"어머니, 우리 아버지는 어디 가셨습니까?"

"없다."

"아버지 없이 자식이 나옵니까?"

"…뭐 알 것이 있느냐? 그냥저냥 살아라!"

"어머니, 그냥저냥 이 큰 아이가 족보도, 근본도, 부친도 모르고 사느니 어머니 뱃속으로 도로 들어가든지, 아예 이 칼로 죽어버리겠나이다!"

그러면서 시퍼런 비수를 꺼내었다.

"아가, 아가, 네 아버지는 소금장수다!"

그러면서 비 오던 날의 사연을 모두 말해 주었다.

"아, 그렇다면 아버지를 찾아야지요."

그러면서 즉시 상전에게 가서 밭 오백 평만 빌려달라고 하였다.

"나중에 이자를 쳐서 다 갚겠나이다."

그러니까 상전이 어이 거절을 할 것인가? 밭을 빌린 아이는 그 밭에다가 참외를 심었다. 잘 길렀다. 그러고는 길가에 원두막을 짓고서 소금장수에게만 꼭 대접을 하였다.

"소금장수에게는 참외 공짜! 공짜!"

이러니까 한여름 목이 마르고 무거운 짐을 지고 다니던 소금장수에게는 이 공짜 참외가 복음(福音)과 같은지라. 근방 소금장수는 다 몰려들었다.

"공주 어디에 소금장수에게만 참외를 대접하는 데가 있다더라. 왜 하필 소금장수일까?"

다른 사람들에게는 돈을 받는데, 소금장수에게만 공짜라. 이래저래 소문이 났다. 이 아이는 소금장수에게는 끽듯이 참외를 깎아주면서, 이런저런 세상 이야기며 내력을 묻고는 떠날 때는 또 소금짐에 참외를 그득 얹어주는 것이었다. 아무런 대가도 없이 소금장수에게만 호의를 베푸는 이 열댓 살 아이의 심정을 그 누가 안다는 말인가?

"어르신, 제가 고담(古談)을 좋아합니다. 고담도 좋고 살아오신 이야기도 좋고 그저 좀 쉬어가시면서 이야기나 하고 가십시오."

이런 말을 하는 것이었다. 이러한데 이야기를 마다할 소금장수가 세상에 어디 있겠는가? 여기저기 돌아다니면서 본 것,

들은 것, 겪은 것이 그 얼마나 많겠는가? 숱하고 숱할 것이다.

"내게는 별반 고담도 없는데, 참외는 얻어먹고, 이것 참, 야단이 났네!"

이런 소금장수가 하나 있었다.

"뭐, 아무것이나, 본 것도 이야기고, 들은 것도 이야기고, 비 맞고 굴속에 들어간 일도 이야기고요…"

"응? 비? 굴속? 음… 그렇다면 이야기가 하나 있기는 하지. 허허허허…"

"왜 웃으세요?"

"음, 그 처녀가 하도 못생겨서…"

"아저씨도 장가를 드셨나요?"

"허허허, 들었다면 들었고 안 들었다면 안 들었지… 그 못생긴 처녀가 지금 무엇을 하는지 모르겠구먼. 미안한 생각이 물씬 드는구먼!"

"좀 자세히 이야기를 해주십시오."

"뭐 별반 내가 잘한 것이 아니라서… 그런데 할 이야기도 없으니까 내 그 비 오던 날 이야기나 하지…"

그러면서 그 비 오던 날 굴속의 사연을 이야기하였다.

"그러니까 십오륙 년 전이구먼. 그 뒤는 어찌 되었는지 몰라. 나는 소금짐만 지고 살았으니까. 가끔 그 굴속을 들여다보기는 하였지만 그 처녀가 다시 그곳에 나올 턱이 있는가?"

"그 여자 곰보지요? 얼굴이 검고요? 눈은 찌그러지고, 고사리를 한 소쿠리 캤고…"

"맞아, 곰보였지!"

"아버지!"

"응? 무슨 소리여?"

"당신은 우리 아버지가 틀림없습니다."

"응? 이게 정말 무슨 소리여?"

"아버지, 드디어 찾았습니다. 제가 그 곰보 처녀의 아들입니다. 단 한 번 만난 결과가 저올시다! 어서 어머니에게 갑시다요!"

이리하여서 아들은 아버지를 만나 다시 어머니와 짝지어드렸고 후에 신분이 양반인 것이 드러나서 과거에 급제하고 천하 문장가가 되었다고 한다. 이 이야기는 조선 중기 달성 서씨네 이야기로 전해 온다.

정난과 부모 목각

옛날에 정난이라는 아이가 살았다. 그는 오륜행실도(五倫行實圖)에도 나오는 사람으로 어렸을 때 고아가 됐다.
차츰차츰 정난이가 자라면서 가장 부러운 것은 부모와 함께 사는 아이들이었다.
'아, 내게도 부모가 계신다면 얼마나 얼마나 행복할까?'
이러한 부러움뿐이었다.
'내게도 매일같이 응석을 부릴 아버지와 어머니가 있었으면…'
'나도 어디 가면 간다고 말하고 들어오면 들어왔다고 출필고 반필면(出必告反必面)을 할 수 있다면…'
'아, 내가 잘못했을 때 나무라고 깨우쳐 주시고 그래도 내가 안 들으면 때려줄, 사정없이 때려줄 웃어른이 계신다면…'

'아, 무슨 일이든 알려드릴 어버이가 계신다면…'
 항상 이러한 생각뿐이었다. 어디 나갔다가 들어오면 누구 하나 반겨주는 사람이 없는 썰렁한 집, 자다가 깨면 잠이 오지 아니하는 그 긴긴 밤, 혼자 밥상을 차려서 먹는 그 맛없는 밥상, 펴고 개기도 싫은 이부자리, 감기 몸살이 나도 이마 한번 짚어줄 사람이 없는 처지, 이런 나에게 부모가 있다면 오죽이나 좋을까?
 정난은 골똘히 생각을 하다가 동네 어른을 찾아다녔다.
 "어르신은 우리 아버지와 친구셨지요? 우리 아버지는 어떻게 생기셨나요?"
 "아주머니, 우리 어머니를 생전에 보셨지요? 우리 어머니는 예뻤나요? 코는? 입은? 키는? 머리는? 목은? 피부는? 눈은? 이마는? 턱은?"
 이렇게 물어가면서 정난은 나무에다 아버지와 어머니를 새기기 시작하였다. 아, 부모 목각(父母木刻)이로구나. 얼마 후 부목상(父木像)과 모목상(母木像)이 드디어 완성되었다. 동네 사람이 수시로 와서 보고 고쳐주었기에 생전의 부모 모습이 영락없이 재현된 것이다. 동네 사람도 감탄할 정도로 닮은 목상이었다.
 "정난아, 꼭 같구나. 저분이 너의 아버지요, 이분이 너의 어머니구나."
 정난은 눈물이 핑 돌았다. 비록 나무로 만든 목상일망정 이제 부모가 계시는 집이 된 것이다. 그래서 아침으로 목상에게 잘 잤다고 절하고, 나간다고 아뢰고, 돌아왔다고 사뢰고, 하루

일을 알려드리고… 이렇게 적적하지 않게 살았다. 가끔 이 목상에 얼굴을 부비면서 아버지, 어머니라고 소리쳐 울기도 하였다.

정난은 후에 장가를 들었다. 하루는 정난이 없을 때 이웃 사람이 와서 정난의 아내에게 말했다.

"연장 하나 좀 빌립시다."

그러자 정난의 아내가 안방으로 들어가서,

"아버지, 어머니 연장을 빌려줄까요? 말까요?"

하고 목상에게 물었다. 아, 정난의 아내도 정난같이 목상을 부모로 극진히 섬기는구나. 기부기부(其夫其婦)로다. 장하구나.

마당에 서 있는 이웃 사람은 짜증이 났다. 연장을 빌려줄 생각은 안하고 안방에 들어가서 나오지 않으니까 말이다. 정난의 부모 목상 표정 또한 좋지 아니하였다. 아아, 목상도 사람마냥 표정이 다 있는가보구나. 정난의 아내는 안방에서 나와 말했다.

"연장을 못 빌려주겠네요."

"왜요?"

"우리 부모님께서 좋아하지 않으십니다."

"부모님이 계신다고요? 돌아가시지 않았나요?"

"아! 새 부모님이 계셔요."

"새 부모님이 계신다고요?"

"예, 저 안방에 계십니다."

"어디, 새 부모님 좀 뵙시다. 아니? 저것은 나무토막 둘이 아니오?"

"나무토막이라니요? 우리 부모님에게."

"흥, 나무가 부모라고? 별 미친 사람 다 보겠네."

"이 무슨 불경스러운 말입니까? 우리 남편이 오면 큰 화를 낼 것이니 어서 가요."

"저 따위 나무 허수아비더러 부모라고 하다니, 웃기는군! 내가 부숴버리겠다."

그러면서 이웃 사람은 도끼를 들고 안방으로 들어가서 사정없이 부모 목상을 내리쳤다. 목이 떨어져버리자 정난의 아내는 기절을 하였고 이웃 사람은 기고만장해서 자기 집으로 돌아갔다.

얼마 후 정난이 집에 돌아오니 이것이 웬일인가? 기가 막혔다. 기절한 아내를 살려내서 자초지종을 물으니 이웃 집 사람이 그런 행패를 부렸다는 것이다. 정난은 머리 끝까지 화가 치솟았다. 즉시 달려가서 부모를 죽인 원수인 이웃 사람을 한 수먹에 쳐버렸다.

이웃 사람은 죽고 살인을 하게 된 정난은 관가에 고발되었다. 관가에서는 답사를 하고 주위 사람에게 사정 이야기를 들었다. 이 일이 어떻게 재판될 것인가?

"정난 효자는 무죄!"

이리하여서 정난은 화제가 되었고 지금까지도 이 사연은 전해 내려오고 있다.

네 성이 무엇이냐

허미수(許穆 호: 眉垂) 선생은 조선 중기의 정승이요, 문인이다. 송시열(宋時烈)과 상대를 하였던 거인(巨人)이자, 이인(里人)이었다.
그 허미수 선생이 평양감사로 도임을 하였다. 도임을 하고 나면 처음에 하는 일이 지금으로 말하면 조회(朝會)인데, 자기 아래에 있는 관원들을 전부 모아놓고 오늘은 무슨 일을 해야 한다고 말을 하고 나서 각각에게 질문을 한다.
"당신 성은 무엇이고 이름은 뭐요?"
이렇게 물으면 아랫 사람은, 네 저는 아무개라고 합니다 하고 대답을 한다.
"성이 아요, 이름이 무개군!"
이렇게 평양감사가 한 번 되뇌이는 식이다.
"아가, 네 이름이 뭐냐? 성은 뭐냐?"

"예, 제 성은 이가라고 합니다."
"응, 그래?"
"…"

이렇게 해서 첫날의 조회는 끝났다.

이튿날 또 조회가 있고 끝날 때 점고(点考)를 하는 법인데, 이번에는 다른 사람에게는 묻지 않고서 유독 이 사환 아이만 불러서 물었다.

"아가, 네 성이 무엇이라고 했지?"
"예, 이가올습니다."
"응, 그래?"

그러하니 이 열다섯 살 먹은 아이는 이상하게 생각되었다. 평양감사가 잊음이 헐해서, 곧 건망증이 있어서 어제도 묻고 오늘도 묻는 것인가? 자신은 나이가 어린 이 관청의 심부름꾼이다. 평양감사가 두 번씩이나 상대할 인물이 아니다. 그런데 왜 유독 자기에게만 성을 묻는가? 이름은 묻지도 않고 성만 물어 이가라고 대면 "응, 그래?"라고 하니 이상하였다. 내게 무슨 잘못이 있어서인가? 갓 부임한 지체 높으신 평양감사가 하찮은 자기를 언제 알아서 잘못이나 흠을 캔다는 말인가? 사실 말이지, 심부름이나 하는 주제에 무슨 큰 잘못을 저지를 수도 없는 일이 아닌가? 하여튼 아이는 이상하다는 생각으로 하루를 보냈다.

사흘째 되는 날도 조회가 끝난 후 점고 때 평양감사가 다른 사람은 안 부르고서, 예전에는 통인(通引)이라 불리운 이 사환 아이에게만 질문을 하였다.

"네 성이 무엇이라 했던고?"
"예, 이가올습니다."
"응, 그래?"

그러면서 고개를 이리 갸우뚱 저리 갸우뚱하였다. 도대체 멀쩡한 남의 성을 가지고 연사흘씩이나 조회에서 네 성이 무엇이냐고 물은 뒤 이가라고 하면 아니라는 투로 저리 고갯짓을 하니, 아이에게는 답답한 일이오, 그곳에 있던 관헌들도 궁금할 뿐이다. 도대체 저 아이가 평양감사에게 어떤 큰 비중이 있다는 말인가? 한낱 통인이 아닌가?

집에 가서 아이는 자기 아버지에게,

"아버지, 이러고저러고 해서 내리 사흘 도막을(동안을) 나에게 성만 물으니 도대체 무슨 사연일까요?"

라고 하니까, 통인의 아버지가 말했다.

"하라는 정치는 하지 아니하고 어린아이 성이나 물어대니, 이번에 온 평양감사는 참으로 한심하구나. 오늘도 가봐라, 무슨 말을 또 하는지…"

그러나 연나흘째도 역시 마찬가지였다.

"네 성이 뭐냐?"
"이가올습니다."
"응, 그래?"

어린애이지만 설마 자기 성을 모를까. 그런데도 평양감사는 계속 고개를 갸우뚱갸우뚱하면서 "응, 그래?"라고만 하니 아이는 기가 막혔다. 이 평양 땅에 할 일이 얼마나 많은데 조회 때마다 아이 성이나 묻고 있는 저 평양감사 허미수. 닷새째 되는 날 허감사는 그 아이에게 말했다.
"너 오늘 말이다, 내가 꼭 부탁할 것이 있다."
"예, 무슨 말씀이시온지요?"
"지금 장에 나가면 당나귀가 많이 나와 있을 것인데, 그중 제일 비루먹은 당나귀를 하나 사오너라. 값은 호되게 부를 것이다마는 더 주고 사오너라. 가사(假使, 가령) 일 원을 달라면 이 원을 주어라. 그 돈은 그 동안 네가 번 돈으로…"
 하필 비루먹은 당나귀를 사되 곱으로 쳐서 사라고 하다니 뭐람. 사실 그랬다. 장에 가니까 유독 눈에 띄는 비루먹은 당나귀가 있었다. 거저 가지래도 마다할 약골(弱骨), 저런 것도 장에 나오다니 당나귀시장, 말시장, 우시장에 구색이라도 맞추러 나올 때 겨우 나올 추물 당나귀, 그런 놈이 정말 있었다. 과연 값도 호되게 불러서 결국 좋은 대마(大馬) 곱절을 주고 사왔다. 그랬더니 허감사가 이 통인에게 말했다.
 "잘했다. 이제 숙제가 풀리겠다. 저 당나귀가 봄에는(보기에는) 저렇게 생겼어도 쓸모가 있다. 돈 값을 하리라. 너는 지금 당장 저 비루먹은 당나귀를 타고 떠나라. 어디를 거쳐서 또 어디를 지나서 어느 방향으로 가면 큰 산이 나올 터인데 그 큰 산을 오늘 저녁까지 넘어야 한다. 물론 너 혼자다. 그 산을 넘어가면 큰 내(川)가 나올 것인데 그때쯤 먼동이 틀 것이다. 거기에 다리가 있다. 다리를 건너지 말고 줄창 서 있다 보면 아침때가 될 것이다. 그때 여러 사람이 다리를 건널 것이다. 잘 들어라. 누가 되었건 어떤 사람이건 제일 첫머리에 다리를 건너오는 사람한테 이 서신을 전해 다오."

"예."

"네가 잘할지 모르겠구나."

그래서 아이는 비루먹은 당나귀를 타고 그 큰 산을 밤에 혼자 넘고 넘어서 드디어 새벽 무렵에 다리에 당도하여 자기는 건너지 아니하고 첫머리에 올 사람을 기다리고 있었다.

"누가 이곳을 처음 건너올까? 그 양반은 대단한 양반일거야. 어떻게 생겼을까?"

궁금증이 가득했다. 그때 먼데서 사람이 보일락말락하면서 저 다리 쪽에서 사람 하나가 터벅터벅 걸어온다. 외양이 초라해 보인다. 자세히 보자. 헌데 웬걸, 가마니 하나 말아서 거적때기를 짊어지고 누덕누덕 기운 옷을 입은 걸인 하나가 외나무다리를 터벅터벅 걸어오는 것이 아닌가? 아이는 원님 밑에서 사람에 치대어(치닥거리하고) 살아온 눈치 빠른 터라, 이 걸인이 형편이 없다는 것을 한눈에 보고 알았지만 그래서 실망을 하고 있었지만,

'아니지, 사람은 외모만 보고 평을 할 일이 아니지. 사또께서 무조건 누가 되었건 이 다리를 첫머리에 건너는 사람에게 서신을 주라고 했지 않았는가?'

하는 생각이 들어서 정중하게 나아가 큰절을 올리며 말했다.

"처음 뵙습니다. 새로 도임하신 사또 어른께서 저보고 이 서신을 갖다 드리라고 해서 불원천리하고 이곳에 와서 기다리고 있었습니다."

"응, 그러냐? 수고가 많았구나. 어디 좀 보자."

아이가 서신을 올리자 이 거지는 눈도 좋지, 사또의 편지를

척척 읽더니 딱딱 접어서는 안봉창(안주머니)에 집어넣고는,
 "내가 지금 바쁜 걸음이라 깜박 잊어버리고 필연(筆硯: 붓과 벼루)을 안 갖고 왔다. 그러니 구두(口頭)로 전하마."
했다. 그러면서 아이에게 말하기를,
 "지금부터 이 당나귀를 타고서 이 밑으로 내려가면 인가가 있을 것이다. 거기 주막에서 아침 요기를 하고 부지런히 쉬지 말고 어디로 해서 어디 어디로 가거라. 늦게 가면 곤란하니까 될 수 있는 한 빨리 가거라. 그러면 저녁 무렵에 어느 동네에 당도를 할 것이다. 거기서 저녁을 얻어먹고 가면 네가 엊저녁 넘은 것 같은 큰 산을 만날 것인데 밤에 혼자 넘어라. 산을 넘어 내려가다가 보면 새벽녘쯤에 산기슭에 그야말로 궁궐 같은 와가(瓦家: 기와집)가 나올 것이다. 그 집을 찾아가거라. 그 집을 찾아가는데 늦게 가면 절대 안된다. 해가 뜨기 전에, 먼동이 트기 전에 그 집에 당도해서 대문 밖에서 기다려라. 아침이니까 누가 대문을 열 것이 아니냐? 그러면 칙 들어가시는, '평양감사 허미수 선생이 첫 도임을 해서 인사차 직접 오셔야 옳은 줄 알지만 사정이 있어서 우선 인사말만 전하라고 해서 제가 왔습니다'라고 말해라. 반드시 해가 뜨기 전에 안부를 전해야 한다. 그리고 마당에서 서성거리고 있거라. 해가 차차 떠오르면 지붕 끄트머리 용마름부터 빨간 햇빛이 차차 내려와서 그 집 상기둥에 비칠 것이다. 상기둥은 안방과 마루 사이에 있는 가장 중요한 기둥이다. 그 상기둥에 햇살이 비칠 무렵 그 집에 무슨 일이 있을 것이니 네가 낱낱이 보고 외었다가 가서 평양감사에게 일러라. 나는 이것만 알려주고 갈 길이 바

빠서 그만 가야겠다."
하는 것이 아닌가. 이런 일장 예측을 하고서 첫머리에 나타난 거지는 훌쩍 떠나버렸다.

할 수 있는가? 그 거지는 가고 아이는 시킨 대로 아침을 주막에서 들고 비루먹은 당나귀를 타고 가라는 곳으로 가서 저녁 무렵 그 동네 앞 큰 산을 넘어서 드디어 해가 뜨기 전 어둑어둑할 무렵에 궁궐 같은 큰 기와집에 당도했다. 후유, 약속대로 왔구나.

'이제 대문이 열릴 때까지 기다리자.'

이렇게 기다리는데 문이 쉬 열릴 생각을 안한다. 먼동이 훤하게 틀 때까지도 문은 빨리 안 열렸다. 초조하구나. 그제서야 마당에서 두세두세 마당을 쓰는 소리가 났다. 참다 못한 아이는 곧 해가 뜰 것 같아서 문을 마구 두드렸다.

"여보시오. 어서 문 좀 열어주시오."

"응? 누구여?"

"어서 문을 열어요. 평양감사 편지를 해 뜨기 전에 이 집 주인에게 바쳐야 한단 말이오!"

"그래?"

그러면서 문이 열렸다. 아이는 쏜살같이 안으로 들어가서 주인에게 아뢰었다.

"평양감사 허미수 감사께서 도임하신 후로 이곳에 문안을 드리러 와야 하나 사정상 못 오시고 저더러 도임했다는 인사 말만 드리고 오라 했습니다!"

그러니까 칠십이나 팔십이 됨직한 주인이 나와서 인사를 받

고는,

"불원천리 인사하러 왔다고? 네가? 그래, 평양감사가 고맙구나. 너도 고맙고…"

하고는 아무 말도 없었다. 고맙다고 했으니 아침을 들라든가 들어오라든가 거기 서 있지 말고 어디 가서 앉으라든가, 노자 돈을 준다든가, 하는 말도 없이 묵묵히 있기만 했다. 자기는 천신만고 끝에 찾아왔거늘 이렇게 되면 평양감사에게 돌아가서 보고할 이야깃거리가 하나도 없지 아니한가? 그렇게 걱정하고 있는데 지붕에 햇살이 닿더니 차차 내려와서 상기둥에 비치기 시작했다. 그런데 바로 그때,

"아이고, 아이고!"

하는 울음소리가 안방에서 진동하였다. 느닷없이 안노인하고 바깥노인이 왜 저리 슬피 우는가? 실로 궁금하였다. 감사에게 보고할 건덕지가 생기기는 하였다마는 궁금하였다.

"소인 물러가겠습니다. 가서 감사께 무어라고 여쭐까요?"

"아무 말도 할 말이 없다고 해라!"

이것이 그 동안 고생하고 받아갈 답인가?

"어르신, 죄송하지만 왜 통곡을 하시는지 그 사연이라도 가서 아뢰고 싶은데…"

"네가 알 바가 아니다."

"아닙니다. 꼭 알고 가야겠습니다."

"음. 제법 끈기가 있구나. 이야기해 주마. 우리가 오십, 육십이 다 되어서 가까스로 아들을 하나 만득(晩得)으로 두었단다. 그런데 아기를 낳은 지 사흘 만에 어떤 도사가 나타나서 '허

허 이 집에 경사가 났소마는 곧 불행한 일이 닥칠 것이오'라고 하기에 분노한 우리가 화를 내고 따져 물으니까, '안됐지만 아이가 크면 열다섯에 호식(虎食)할 팔자요!' 그러지 않겠느냐? 이 자식이 커서 호랑이밥이 된다고? 그 얼마나 기가 막히냐? 살려달라고 빌었지. 죽을 운세도 알면 살릴 방법이 없겠느냐고! 그랬더니, '당장 저 갓난아기를 길거리에 갖다가 버리시오 그러면 십오년 후, 버린 날 아침 해가 상기둥에 비칠 때 아이가 잘 커서 마당에 나타날 것이오'라고 하기에 자식을 살릴 욕심으로 눈물을 머금고 그 핏덩어리를 버렸단다. 한시라도 잊었겠냐? 내 자식을, 그리고 십오년 후 그날을! 기다리고 기다리던 그날이 바로 오늘이다. 이 아침이다! 그런데 기다리던 우리 아들은 안 나타나고 웬 평양감사 심부름꾼이 나타났으니… 아이고, 원통해라. 우리는 어쩌란 말이냐? 아이고…"

말을 다 듣고 난 아이도 비감하였다. 그러다가 혹시 자기가 이 집의 버린 아들일지도 모른다는 생각이 들었다. 아, 그럴 것이다. 아니 정말 그렇다. 그래서 아이는 이렇게 말했다.

"아버지, 어머니 제가 그 자식입니다."

"뭐? 그게 무슨 소리냐?"

"평양감사가 저에게 사나흘간 성을 물었습니다. 제 성은 이가인데…"

"나는 김가다. 그러나저러나 네가 우리 아들이라는 증거가 있느냐?"

"증거는 없습니다. 도리어 어른께서 증거를 주셔야지요"

그러자 안방마님이 울면서 말했다.

"아가, 네가 어떻게 자랐는지 모르냐… 학 두 마리를 수놓은 포대기에 싸서 버렸다. 너를 주워 기른 사람이라면 그 포대기를 갖고 있을 것이다… 아이고…"
"…"
아이는 그 말을 듣고 급히 평양으로 왔다. 그러고는 집으로 먼저 가서 가자마자 어머니, 아버지에게 물었다.
"어머니 제 성이 무엇이지요?"
"이놈아 이가 아니냐? 너 미쳤구나!"
"아버지, 정말 제 성이 이가입니까?"
"…"
"아버지 제 성이… 제가 아버지의 아들입니까?"
"후유… 이 비밀이 어찌 드러났다는 말이냐? 아, 그리 비밀을 지키려 했건만… 십오 년 전 어느 대사가 자식이 없는 우리에게 포대기에 싼 갓난아기를 맡겼단다… 그러니 우리도 네 성을 사실 모른다. 어떤 놈이 이 비밀을 일러바쳤는지 모르겠구나. 그 동안 공력이 다 허사가 되니 원통하구나. 아이구!"
"아, 어머니… 그 포대기에 학 두 마리가 있었나요?"
"그래, (벽장에서 꺼내 보이며) 보아라. 맞다. 이 마당에 무엇을 숨기겠느냐. 흑흑흑…"
그래서 아이는 다시 학 포대기를 갖고 그 비루먹은 말을 타고 김대감 집으로 달려갔다. 거기서도 통곡이었다. 기쁨의 눈물이었다.
이튿날 허미수 감사는 또 아이에게 물었다. 네 성이 무엇이냐고…

"김가올습니다!"
그러자 허미수 감사는,
"그렇지, 김가지. 네가 다리에서 만난 거지가 갓난아이인 너를 버리라고 한 그 대사니라. 귀한 자식일수록 험하게 기르는 법, 앞으로 양부모 생부모를 다 잘 모셔라!"
라고 하더란다. 핏줄찾기, 근본찾기가 사람이 할 일이요, 자기 본분을 알게 하는 것이 정치로구나. 허미수, 통인, 생부모, 양부모, 당나귀…

시아버지의 두루마기

옛날, 어느 집에 새 며느리가 들어왔는데 이
것이 보통내기가 아니었다. 제 서방은 지아비
夫자가 하늘 天자보다 꼭지 하나가 더 있는
지라 하늘보다 높나는 생각이 들어서인지 하
늘같이 위하면서, 이런 서방을 만들어준 시아버지는 실로 개
떡같이 알았다. 그렇게밖에 표현할 길이 없다.
"그저 집이 잘 되려면 남의 집 식구가 잘 들어와야 돼!"
이 말이 백 번 지당하였다. 그런데 이 집 며느리는 천하 불
량이었으니 이를 어찌할거나.
하루는 시아버지 친구가 와서는 물었다.
"저 건너 동네에 누가 대사를 치른다는데 놀러 안 가련가?"
"응, 저기. 거시기, 응…"
"어디 아픈가?"

"음, 그것이 아니라… 그래, 내 두루마기 찾아 입고 곧 나가 겠으니 기다리게나."

"진작 그렇게 나올 일이지 웬 뜸을 그리 들이는가? 두루마 기도 못 찾아 입나 원. 친구하고는, 쯧쯧."

그러면서 친구가 기다렸다. 아, 그도 그럴 것이 며느리가 시 아버지 어디 나가는 꼴을 못 보고 집안에 가두다시피 해서 부 려먹고 있었던 것이다. 우선 시아버지 두루마기가 없었다. 아 들 것은 있을망정. 그런데 어디 나들이를 하자면 두루마기가 있어야 하므로 시아버지가 부득이 아들 방에 들어가서 아들 두루마기를 얻어 입어야 했다. 그러려니까 시간이 걸리고 마 음이 조마조마한 것이다. 이때 빨래하러 간 며느리라도 들이 닥치면 어떡하나 하고 걱정이 되어서 부랴부랴 서둘러 입었다. 그리고 나갔다. 다행하게도 며느리가 나타나지 아니한 것이다.

"후유, 어서 가보세, 기다리겠네."

"아따 금방은 꾸물거리더니 억세게 서두르네그려. 늦게 먹 고 되게 챈다고 하더니만."

그러면서 둘은 부리나케 건넛마을로 갔다.

"응? 저기 우리 시아버지가 아닌가? 집에 있으라고 했더니, 내 말을 안 듣고 어디를 저리 가나? 집에 가보자. 두루마기가 어디서 났는지…"

냇물에서 빨래를 하다 말고 시아버지의 출행(出行)을 본 며 느리가 부리나케 집으로 달려와서 보니 아니나다를까, 자기 남편의 두루마기를 찾아서 시아버지가 입고 가버린 것이다.

"홍, 이럴 줄 알았어. 내가 그냥 내버려둘 성싶어? 당장 건

넛마을에 가서 시아버지가 입고 있는 두루마기를 벗겨서 뺏어
와야지…"
 그러면서 며느리는 씩씩거리면서 달려갔다. 그러니까 오죽
이나 숨이 가쁘겠는가? 순식간에 동네 대사를 치르는 집에 당
도하였다. 이제 그 집 대문으로 쳐들어가면 된다. 그런데 백차
일 치듯이 많은 사람 중에서 시아버지를 얼른 찾기가 힘이 들
었다. 사립문 밖에서 자연히 얼씬거렸다.
 "빨리 시아버지한테서 두루마기를 벗겨야 우리 낭군이 깨끗
한 두루마기를 입으실 터인데, 도대체 시아버지는 어디 있는
거야?"
 그러면서 짜증스럽게, 남이 보기에는 근심스럽게 두리번거
리고 있었다. 이런 며느리를 시아버지 친구가 먼저 보았다. 그
래서 친구에게 말했다.
 "여보게, 저기 사립문 밖에 자네 자부가 와 있네."
 "응? 우리 며느리가?"
 시아버지는 가슴이 철렁하였다. 숨이 꽉 막혔다. 얼굴색이
달라졌다.
 "응? 자네 어디 아픈가? 자네 며느리가 왜 왔는가?"
 "후유. 그건… 그건, 내가 술을 먹나 안 먹나? 자네가 알다
시피 내가 술에는 일등이지. 그래서 실수도 간혹 하지. 길거리
에 쓰러지기도 하고 욕도 안 보이던가?"
 "그야, 다 알지."
 "그 누가 내 걱정을 하겠는가? 우리 새 며느리일세. 어찌나
효성이 지극한지… 오늘도 내가 실수를 하고 자네에게 폐를

끼칠까봐서 나를 업으러 온 성싶으네."

"아, 그런 자부가 있었는가? 자네는 실로 행복하이, 부럽네 그려. 저런 며느리는 우리가 데려다가 대접을 하는 것이 원칙이지…"

그러면서 그 친구가 며느리한테로 갔다. 이런 줄도 모르고 며느리는 시아버지가 안 보이니까 인상을 잔뜩 찌푸리고 있었다.

"아무개 며느리가 아닌가? 시아버지가 걱정이 되어서 얼굴에 그리 수색이 가득한가?"

"예? 저희 시아버지 어디 있지요?"

"응. 저기 계시네. 시아버지는 아무 실수도 안했네. 실수를 왜 하나? 자네를 한껏 칭찬하고 있다네. 우리 며느리만한 사람이 어디 있느냐고, 자네가 근심 걱정을 할까봐서 마음을 쓰고 있던데, 자네가 시아버지 때문에 이리 심려를 하고 있으니 실로 나까지도 고마우이…"

"네? 제가 뭘… 그런 것이 아니라 두루마기를…"

"응, 두루마기는 온전해. 오늘은 술주정을 안할 테니까… 자, 이럴 것이 아니라, 어서 마당으로 들어오게. 내가 자네 시아버지가 있는 곳으로 안내하지. 그리고 시아버지 친구들한테서 칭찬도 들어야지. 효부라고 시아버지가 걱정이 되어서 업고 가려고 예까지 왔다고…"

"아, 그것이 아닌데요."

"이리 겸손할 수가 있나? 실로 자네는 어른 섬기는 자세가 되었네. 우리도 흐뭇하이. 정 어른들 계신 곳에 들어오기 무엇하면 좀 기다리게나."
 그러면서 얼른 안으로 들어가서 음식을 담뿍 싸다가 치마에 안겨주었다. 며느리는 떨리는 목소리로,
 "아, 그저 저는 마음놓고 가렵니다. 저희 아버님을 잘 부탁드립니다."
하고 갔다. 그 뒤는 더 알 필요가 있겠는가?

자식은 또 낳으면 되지만

신라 흥덕왕 때에 손순이라는 사람이 살았다. 이 사람에 대한 기록이 여럿 있는데 한문으로 이름을 쓸 때에 차이가 나서 삼국유사에는 손순(孫舜)이라 하고 고본(古本)에는 손순(孫順)이라 전하여 온다.

아버지 이름은 학산(鶴山), 어머니 이름은 운오(運烏). 신라 시대에 여자 이름이 정확하게 기록이 된 것을 보면 이 손순의 집안은 평범한 집안이 아니라 꽤 지체가 높은 집안이었음을 알 수 있다. 그러나 가난하기가 이만저만이 아니었다.

지금까지 집안의 기둥 노릇을 하시던 아버지가 갑자기 돌아 가시자 손순의 집은 형편이 더욱 어려워졌다. 그래서 남의 집에 가서 품을 팔아서 생활하였다.

"여보, 내게 시집와서 이 고생을 하다니 참 미안하구려."

일을 하고 돌아온 저녁이면 손순은 아내에게 이렇게 말하였다. 그러면 마찬가지로 일을 심히 하여 거칠어진 손을 내저으며 아내는,

"다 같이 하는 고생인데 제게만 미안합니까? 그런 말씀 마시고 한 분 계신 어머님이나 편안하게 모십시다."

라고 말하는 것이었다. 그래서 손순은 얼마나 고마운지 몰랐다. 효도는 사실 자식이 한다기보다 며느리가 한다고 해도 과언이 아니다. 아무리 아들이 부모님을 위해 드리자고 하여도 아내가 뾰로통하면서 반대하면 제대로 효도를 할 수 없는 것이다. 그런데 손순의 아내는 그 남편보다 더 홀로 계신 어머니를 끔찍이 생각하는 것이었다.

어머니 운오 부인은 생선을 무척 좋아하셨다. 없는 살림에 이 생선을 어머니 밥상에 올리려면 여간 힘이 드는 것이 아니었으나 손순 부부는 꼭 고기 반찬 하나라도 장만하여 드렸다. 그런데 잘 삽수실 어머니는 여진히 수척하시고 기름기도 없어 보이는 데 비해 할머니가 돌보는 철없는 아이는 살이 찌고 무척 잘 자랐다. 자식이 이렇게 무럭무럭 잘 자라면 부모된 사람치고 어느 누가 기쁘지 아니하리오마는 손순 부부는 그렇지 아니하였다. 전혀 기쁘지 않았.

"이것은 우리 아이가 어머니께 드리는 고기며 밥을 차지하는 것이다. 어머니 음식을 빼앗아 먹기 때문이다. 아무리 맛있는 것을 드려도 잡수시지 않고 어린것을 주니 어머니는 기운이 없고 아이는 잘 자라는 것이다."

이렇게 생각하고 어머니에게,

"어머님, 제발 저 아이에게 맛있는 것을 그만 주십시오. 아이는 저희들이 다 알아서 먹일 테니까 어머니는 아이 걱정 마시고 혼자 잡수세요."
라고 말하면 어머니는,
"오냐, 알았다."
라고만 말씀하시면서 여전히 아이에게 주고 자기는 먹지 아니하였다.

번번이 말하여도 마찬가지였다. 아이는 손순 부부가 주는 음식보다 할머니 밥상에 오르는 음식이 더 맛있는 것을 알고 처음부터 그리 가서 먹으려 했고, 어머니는 그러한 손자가 귀여워서 주는 것이었다. 그래서, 겨우 말을 배우는 어린것은,
"할머니한테 가서 먹을 거야."
하고 투정을 부리게 되었다.

사실 할머니도 잘 먹고 싶었으나 그 동안 손자를 거두어 먹이느라고 못 먹었는데, 아이가 커가면서 이제는 당연히 할머니 밥상에 오르는 것은 제 것인 양 거침없이 먹어댔다. 할머니가 떼어서 줄 필요가 없이 제맘대로 먹었다. 그러니 할머니는 점점 아이의 기세에 눌렸고 아이는 밥상에 맛있는 것이 없으면 할머니를 귀찮게 했다.

이러한 딱한 일이 계속되자 손순 어머니는 전보다 더 초췌하여졌고 기운이 하나도 없었다. 입에 들어갈 여가가 없이, 아니 입에 들어가는 것까지 아이가 빼앗아 먹으려 하였다. 몇번이나 손순 부부가 아이를 때리기도 하고 붙들기도 하였으나 막무가내였다. 아이의 고집과 투정을 막을 길이 없었던 것이

다.

 더구나 일찍 일을 나서서 밤늦게 들어오는 처지인지라 아이를 하루 내내 건사할 수도 없었고, 자연히 어머니가 아이를 보게 되었는데 그 어머니가 아이에게 음식을 빼앗겨서 거의 잡수시지 못할 형편이었다.
 '아이구, 저 어린것이 문제로구나. 어머니 입에 들어가는 것까지 빼앗아 먹으니 나중에는 입 속에 든 것도 꺼내 먹겠네. 그러니 어머니가 어떻게 오래 건강하게 사실 수 있단 말인가? 저 아이가 없어야만 어머니가 편히 잡수시게 될 것 같구나.'
 손순은 이러한 생각까지 하게 되었는데 손순의 아내도 마찬가지였다.
 '아이는 또 낳을 수 있지만 늙으신 어머니는 다시 모실 수 없다. 저 아이가 저렇게 밉살스러운 짓을 하니 대책을 세워야겠다.'
 결국 부부는 아이가 없어야 어머니가 편하실 것이라는 데에 의견이 모아진 것이다.
 어느 날 부부는 각각 일을 마치고 방에 들어와서 아이와 어머니에 대하여 고민하였다. 얼마 후에 한숨을 쉬면서 손순이 아내에게 말을 꺼냈다.
 "여보, 요즘 어머니가 더 기운이 부치시지? 아이 때문이 아니겠소? 저 아이가 말썽이란 말이야. 그렇다고 우리가 하루 종일 아이만 끼고 있을 수도 없고…"
 그러자 아내도 한숨을 쉬면서 말하였다.
 "그러게나 말이에요. 아이가 말썽이란 것을 알지만… 아이를 어찌해야 할지…"

그러자 손순이 크게 숨을 들이쉬면서 아내에게 다가가서 나지막하게 말하였다. 아내는 눈물이 핑 돌았다. 그저 가난이 원수였다. 재물만 풍부하다면 그런 상의를 할 턱이 있겠는가? 그러다가 이윽고 고개를 끄떡거렸다. 그날 밤 아이는 초저녁에 일찍 잠이 들었다. 할머니 방에서 배불리 먹고 자는 것이지만 어머니는 제대로 잡수시지를 못하여 잠마저 주무시지 못하고 있었다.

"어머니, 아이를 데려다가 눕힐랍니다."

그러면서 아이를 들쳐업고 나온 손순은 부엌에서 기다리고 있던 아내와 함께 대문을 나섰다. 아내는 곡괭이와 삽을 가지고, 아이를 업고 앞서가는 남편 뒤를 따랐다.

처음에는 아버지 등에 업히니까 좋아서 잠이 깼는데도 그냥 가만히 있던 아이가 찬바람이 불자 저 어린 소견에도 이상하였던지 더듬거리는 말로,

"아부지 어디 가, 어디 가? 여기는 산이야."

하고 말하였다.

그러거나 말거나 손순은 아이를 업고 묵묵히 산으로 올라갔다. 자기가 사는 모량리의 서쪽에 있는 취산(醉山)이라는 산이었다. 그 산의 북쪽 들에 가서 아이를 내려놓았다. 아이는 울었다. 아무리 울어도 아버지와 어머니가 아무 반응을 보이지 아니하자 나중에는 더 크게 울었다. 아이가 자지러지게 울어도 손순은 묵묵히 땅만 파고 있었다. 아직 완전히 어두워지지 아니하여서 대충 땅의 깊이를 재가면서 빨리 파내려갔다. 아

내는 우는 아이를 붙들고 있었다. 이제 이만하면 아이를 파묻을 만큼이 되었다. 한두 자를 판 것이다.

"아이를 이리 주게."

손순이 말하였다.

그런데 아이가 하도 울어서 아내는 아이를 억누르고 있는 데에만 정신이 팔려서 미처 그 말을 듣지 못하였다. 그래서 손순은 좀더 깊이 파는 것이 좋겠다고 생각하고 삽질을 더하였다. 그런데 이때,

"딱!"

하고 불이 번쩍 하는 것이었다.

이제까지 잘 파지던 구덩이에 돌이 드러난 것이다. 삽이 돌에 자꾸 찍히자 손순은 이번에는 삽 대신 곡괭이로 돌을 찍었다. 그러자,

"때애앵—"

하면서 종소리처럼 울리지 않는가?

손순은 깜짝 놀랐다.

"아니, 여기에 웬 종이 있을까? 이상하다? 한번 파보자."

그래서 아이를 파묻으려던 생각을 잊어버리고 그 돌을 조심스럽게 캐보았다. 꽤 컸다. 완연하게 드러난 돌은 정말 종이었다. 돌종, 곧 석종(石鐘)이었다.

"여보, 이것 좀 보오. 여기에 돌종이 있네."

그러자 아내는 아이를 업고 달려가서 남편이 꺼낸 돌종을 어루만져 보았다. 누가 공들여 만든 것을 얼마 전에 땅에 묻어둔 것만 같았다. 자연적으로 돌종이 발견되었다고 보기에는

너무나 이상하였다. 달려온 아내도 이 점을 말하면서 울었다.

"여보, 우리가 너무나 가난하게 사는 것을, 자식을 묻어서까지 어머니를 봉양할 처지인 것을 알고 그러지 말라고 지시를 하시나봅니다."

"여보, 울지 마오. 이런 것이 나왔는데 어찌 사랑하는 우리 아이를 여기에 묻겠소? 이제 그만 돌아갑시다. 그러기 전에 저 돌종이 소리가 나는지 한 번 더 시험하여 봅시다."

그러면서 숲속에 있는 큰 나무에 걸어 한 번 더 두드려보았다.

"때애앵—"

마치 종소리와 같았다. 한 번도 들어보지 못한 깨끗하고 맑은 소리였다. 그러자 아내가 남편의 옷자락을 잡아당기면서 말하였다.

"여보, 이 이상한 물건을 왜 버리고 갑니까? 저것은 우리 아이를 묻지 말란 뜻도 되지만 또 아이 복이 되는 것도 같습니다. 그러니 가지고 갑시다."

이렇게 말하면서 아내는 어느새 울음을 그친 아이를 들쳐업고 앞장을 서서 내려가고 손순은 돌종을 어깨에 메고 내려갔다. 곡괭이와 삽은 그 자리에 버리고 갔다.

이튿날 아침, 손순은 이 돌종을 자기 집 들보에 걸어두고 두드렸다.

"때애앵— 때애앵— 때애앵—"

돌종의 소리는 멀리멀리 퍼져나갔고 이웃에서 사람들이 듣기가 좋은 종소리가 궁금해 손순의 집으로 찾아왔다. 이 이상한 돌종 소리를 들은 사람들은 모두 소문을 듣고 손순의 집으로 몰려왔다. 그리고 종을 얻게 된 내력을 듣고 손순의 효심에 감동하였다.

경주 시내에서는 이 돌종에 대해 모르는 사람이 거의 없었다. 매일 아침 들려오는 청아한 소리, 이 소리는 궁중에 계시는 임금님도 들었으나, 어디서 나는지 몰라 하루는 신하에게 물어보았다.

"요즘 이상한 종소리가 들려오는데 어디서 나는지는 몰라도 듣기가 좋구나. 진작부터 알아보려던 참인데, 빨리 저 소리가 나는 서쪽으로 나가보거라."

사실 신하는 이미 소문을 들어서 알고 있었으나 임금님의 지시도 있겠기에 직접 확인하기 위하여 손순 집으로 찾아갔다. 그리고 이내 돌아와 임금에게 그 동안의 일을 다 말하였다.

임금은 감탄하면서 말하였다.

"내가 중국의 책을 보니 이와 비슷한 효자 이야기가 있었다. 중국 한(漢)나라 시절에, 그러니까 지금부터 천 년 전에 곽거(郭居)라는 효자가 하나 살았다. 그 어머니가 매양 자기가 먹을 음식을 손자에게 나누어주느라고 제대로 잡수시지 못하자, 자식은 다시 낳으면 되지만 어머니는 한 번 가시면 다시 모실 수 없다고 하면서 부부가 상의하여서 아이를 땅에다가 파묻으려고 땅을 석 자나 팠다는구나."

그러면서 말을 멈추었다.

손순과 너무나 흡사한 이야기였던 것이다. 임금님은 참으로 신기하여 감동한 나머지 말을 멈춘 것이다. 그러다가 다시 이

어서 말하였다.

"그러자 황금으로 된 솥이 하나 땅에서 나왔는데 솥 위에 붉은 글씨로 '하늘이 효심에 감동하여 곽거에게 주노라'라고 쓰여 있었다는 것이다. 그런데 우리 나라 손순은 황금솥 대신 돌종이었으니 어느 것이 더 깊은 하늘의 뜻인지 한번 말해 보아라."

그러자 영리한 신하가 말하였다.

"가난한 효자가 바라는 것은 부자가 되어서 어머니도 아이도 다 잘 먹이자는 것이 아니겠습니까? 그러니까 제일 소원이 풍족한 재물이 있는 부자가 되는 것이라고 할 때, 중국 곽거의 황금솥은 마땅한 하늘의 선물이 되겠습니다. 황금으로 된 솥이고 솥 자체가 밥이 들어 있는 그릇이니 재물을 뜻한다고 봅니다. 그러니까 황금솥은 가난의 반대가 되어서 모든 문제를 해결해 주는 의미로 보입니다."

"그렇겠군. 그럼 우리의 돌종에 담긴 뜻은 무엇인가?"

"물론 손순이 캔 돌종도 재물을 얻고 가난을 벗어나서 어머니와 아이에게 마음껏 음식을 대하라는 의미는 비슷한 것 같습니다. 그러나 재물이 들어오는 방법이 달라서 중국이 황금과 솥이라는 직접적인 것이라면 우리의 돌종은 간접적이라 할 것입니다. 그리고 그것은 효자의 효성에 대한 종합적인 대가라고 봅니다."

"그건 무슨 말인가?"

"우선 종 자체는 황금이 아닌 돌이고 밥을 짓는 솥이 아니기에 언뜻 보면 재물과 관련이 없을 것 같습니다만, 이제 상감마마께서 돌종 소리를 듣고 내력을 들으셨으니 장차 훌륭한 효자라 하여 표창을 하시며 곡식을 하사하실 것이 아니옵니까?"

"물론 하늘이 낸 효자 손순에게 상을 내리고말고."

"지금까지 효자를 표창하신 상감마마의 뜻대로 손순이 상을 받는다면 자연히 부자가 될 것이니 간접적이지만 황금솥과 마찬가지 의미라 할 것이옵고, 상을 내리면서 표창도 하고 효자비를 세워주신다면 명예를 얻는 것이며, 그 지방의 자랑이 되는 것이니 그 효과가 종합적이라 할 것이옵니다."

"맞다. 그렇게 해석하니까 확실히 중국의 경우보다 우리 나라의 효자가 얻은 성과가 크다고 하겠다. 결국 돌종이 소리를 내서 소문을 만들고 명성을 떨치게 하여 재물과 명예를 함께 얻게 해주었구나. 아! 돌종이 앞으로 제발 아름다운 소문만 내기를 바라노라."

왕은 이튿날 손순을 불러서 표창하였다.

"손순은 들어라. 너는 중국의 곽거보다 더 뛰어난 효자다. 이에 집 한 채를 내리고 또 벼 오십 석을 하사하겠다. 그리고 너희 동네에 효자비도 세우도록 하겠다. 네가 지금까지 살던 집은 헐어서 새로 절을 짓고 거기에 돌종을 걸어두어라."

"황공하여이다."

"절 이름은 효도를 널리 알린다는 뜻으로 홍효사(弘孝寺)로 부르도록 하라. 효도가 제일 가는 절에 효도의 증거인 돌종을 쳐서 온 천하 사람들이 부모에게 효도하도록 감동을 끊임없이 주도록 하라."

"예."

"그리고 종을 얻은 곳도 허술히 하지 말고 기념 표지를 세워두어라. 그곳의 이름은 완전한 자리라는 의미로 완호평(完乎坪)이라 불러라."

이렇게 임금님은 자상하게 지시하였고 모든 것이 그대로 되었다.

그 후 돌종은 후백제의 견훤이 경주에 쳐들어와 경주의 온갖 보물을 다 가져갈 때 함께 가져가 버려서 지금은 볼 수가 없다. 전주 근처 어느 오래된 절에 있지 않을까 하나 알 길이 없다. 완호평이라는 지역도 그 사이에 바뀐 이름인 지량평(枝良坪)이라고 해야 알 수 있다.

손순, 이러한 효자 이야기를 사람들은 오래오래 기억할 일이다.

며느리가 장모 된 사정

옛날 어느 산골에 시아버지와 시어머니, 아들하고 갓 시집온 며느리가 오손도손 사이좋게 살고 있었다. 아들 하나만 두고 적적하게 살다가 남의 집 딸을 데려다가 며느리를 삼으니 친딸 같아 며느리라는 생각이 들지 아니하였다. 이 심덕 있는 며느리도 시부모라고 생각하기보다는 친부모로 알고 잘 모셨다. 그런데 호사다마(好事多魔)라고 할까? 며느리 본 지 얼마 안되어서 며느리에게 정이 막 들락말락할 때에 시어머니가 덜컥 병이 들더니 미처 손을 써볼 겨를도 없이 세상을 뜨고 말았다.

며느리 들어 삼 년이 중하다고 하더니 이렇게 며느리 들자 시어머니가 세상을 뜨니까 새 며느리는 그만 몸둘 바를 몰랐다. 이런 변고가 있나? 화불단행(禍不單行)이여, 설상가상(雪上

加霜)이라더니, 이런 문자를 아무리 내세워도 딱 들어맞을 딱한 일이 또 벌어졌으니, 아들마저 그만 죽어버린 것이다. 산중이라 산에 약초를 캐러 갔다가 그만 낭떠러지에서 떨어져 죽고 만 것이다. 줄초상이 있다더니 이제 울음도 나오지 아니하였다. 몸둘 바를 모르는 며느리를 그렇다고 어찌할 것이며, 또 한 시아버지인들 다 제 명이 짧아서 먼저 가버린 아내와 아들을 나무랄망정 며느리를 나무랄 처지가 아니었다. 살아남은 두 사람은 말을 잊은 채 죽지도 못하고 한집에서 살았다

딱한 세월만 흘러갔다. 그러다가 하루는 시아버지가 결단을 내렸다.

"아가야, 우리 구부간(舅婦間)에 이렇게 세월만 죽이고 살 일이 아니라 너는 너 갈 데로 가고 나는 여기서 그냥저냥 살다가 죽을란다. 그러니 나 때문에 네 청춘을 희생하지 말고 떠나거라. 여기에 네 몫으로 재산을 얼마 떼어놓았다."

이렇게 말하면서 막무가내로 가라고 야단이었다. 며느리는 이러시면 이 산중에서 연만하신 아버지께서 홀로 어떻게 사시겠느냐고 하며, 아버지께서 세상을 뜨시면 그때 떠나도 늦지 않다고 고집하다가 시아버지가 간곡하게 사정을 하고 나중에는 먼저 죽어버리겠다고 하니까 결국 시아버지의 고집을 못 이기고 집을 떠나게 되었다. 그러나 떠나는 걸음이 가볍겠는가? 울며울며 삼사월 긴긴 해에, 해가 저물도록 가노라고 간 것이 한 삼십 리나 갔을까? 해가 저물어 어떤 외딴집에 들어가서 하룻밤 유숙할 것을 청했는데 집의 분위기가 좀 이상하였다. 나이드신 아버지와 시집갈 나이가 훨씬 지난 노처녀, 그

러니까 과년한 처녀 그렇게 단둘이 살고 있었다.

　며느리는 저녁밥을 얻어먹고 시아버지가 계신 남쪽을 바라보고 있노라니 하염없이 눈물이 나왔다. 이때 과년한 그 집 딸이 다가오더니 어찌하여 이리 낙심천만인가 하고 물었다. 이에 선(先)은 이렇고 후(後)는 이렇다고 대답하고는 두고 온 시아버지가 걱정이라고 말했다. 그런 연후에,

　"댁은 어찌하여 이리 과년하도록 시집을 가지 않았소?"
하고 물으니까, 어머니가 일찍 돌아가시고 그 동안 여러 곳에서 혼담이 있었으나 아버지를 모실 새어머니가 없어서 홀로 계시는 아버지를 모시기 위하여 이렇게 시집도 못 가고 있노라고 한숨을 쉬며 대답을 하였다. 한숨만 내리 쉬는 두 여인, 딱하기 짝이 없는 두 노인, 이런 상황을 해결하는 의견을 며느리가 냈으니,

　"이상한 촌수가 되겠고 또 이것이 사람으로 할 도리인지는 모르겠으나 우리 처지가 둘 다 딱하니 어찌하겠소? 내가 당신네 집에 새어머니로 들어앉겠으니, 당신이 우리 시아버지에게 시집을 가면 어떠하겠소?"
라고 하였다. 이것은 사실 충격적인 제안이었다. 세상에 이럴 수가 있을까? 그러나 현실은 현실이었다. 윤리규범만 따지면서 네 사람이 다 불행할 수는 없었다. 상황에 따라서 윤리가 달라질 수 있다고 하는 것이 변명인지 몰라도 이 며느리의 제안은 한참 후에 과년한 딸의 응낙으로 결론이 났다.

　"아, 진정 댁이 우리 아버지와 사신다면 나는 짐을 벗을 수 있겠구려."

달밤에 이들 두 여인은 손을 마주잡고 이렇게 악수논정(握手論情)을 하였다.

이런 연유로 해서 두 집안이 혼인하는 일이 생겼는데, 자식으로서는 효도를 하게 되었고, 나이는 들었으나 아직도 힘이 있는 남정네는 고독을 면하게 되었다. 그 촌수를 따지자면 만고에 복잡하고 해괴한 촌수가 되었으니, 며느리가 장모가 되고 시아버지가 사위가 되고, 딸이 그렇고 그런 촌수가 되었던 것이다. 그것 참, 맹랑지사(孟浪之事)이나 또한 인정지사(人情之事)로다. 귀공 소견 약하(貴公所見若何)오!

자식은 부모가 가장 잘 아는 법

어떤 집의 나이드신 아버지에게 아들 친구가 뛰어와서,
"아들인 아무개가 낡은 배를 타고 가다가 침몰하여 죽었답니다."
라고 일러주었는데, 어찌 된 일인지 아버지는 태연자약하였다.

조금 있다가 다른 사람이 뛰어와서 금방 배가 침몰하였는데 나루터에서 배를 타려던 아들을 보았으니 아마도 죽었을 것이라 하며 어서 가보라고 하였다. 그럼에도 또한 태연자약하였다.

그러나 얼마 후에 아들이 무사히 집으로 돌아왔다. 죽었다던 아들이 돌아왔으니 얼마나 기쁜 일인가마는,
"어서 오너라."
이렇게만 말할 뿐이다. 이러니까 아들이 도리어 이상할 지경

이었다. 자기는 그 배를 타지 아니하였지만 아버지는 그 배에 자신이 탄 줄 알고 놀라셨을까봐 급히 집으로 온 것인데, 아버지는 조금도 놀라지 않으니 이상한 일이 아닌가?
 "이상할 것 없다. 우리 아들은 그런 낡고 위험한 배에 탈 사람이 아니라는 것을 익히 알고 있었으니까 말이다."
 이리하여서 아들은 물론 아들이 죽었을 것이라고 급히 알려주러 온 친구들이 할 말이 없었던 것이다.
 '자식에 대하여는 부모가 더 잘 안다'는 이 평범한 진리를 새삼 깨닫게 하는 것이다.
 '자식은 겉 낳지 속을 낳는가. 어찌 일일이 쫓아다니면서 자식 뒤를 밝힐 것인가' 이렇게 속편하게 자기 변명을 하는 부모도 없지 아니하다. 하지만 이 험난한 세상에 부모가 자식에 대해 아는 일은 정말로 중요한 것인지라 각별히 노력을 해야 할 것이다.

 옛날에 어떤 정승이 나이가 들어 노환으로 죽게 되었다. 하기야 이 세상에 태어난 사람 중에 죽지 아니할 사람이 어디 있을까마는 이 노정승은 워낙 국가에 공이 많은 분이라 죽음이 안타까웠다. 다른 사람들은 물론 임금까지도 가석(可惜)하게 여겼던 것이다. 어느 날 임금은 몸소 문병을 하였다.
 "상감마마 납시오."
 "아니, 이 노추(老醜)한 몸이 병이 들었다고 어찌 상감마마께서 이리로 거동을 하신단 말입니까? 황공하여이다."
 병석에 있던 재상이 가까스로 일어나니까, 임금은 일어나지 말라고 하면서 가까이 가서 문병을 하였다. 이 얼마나 눈물겨운 군신간(君臣間)의 정리인가?

"어서 어서 회춘(回春)하여서 나랏일을 해주시오. 나는 아직도 대감이 도와주어야 할 사람이 아니오? 제발 건강을 회복하여 다시 일하여 주시오."

"황공하옵니다. 이 병든 몸이 불충(不忠)일 뿐입니다. 하오나, 오래 살지 못할 것 같사오니… 제가 못다한 충성은 지금 벼슬길에 나가 있는 세 아들이 할 줄로 아옵니다."

"아, 그것이 유언이오? 부탁이라면 어떠한 청이라도 다 들어주리다. 높은 벼슬까지도."

"황공하옵니다. 첫째는 평양감사를 시키시고, 둘째는 의주부윤(義州府尹)을 시키시고, 셋째는 초산군수(楚山郡守)를 시켜주십시오."

"아니, 그보다 더 윗자리라도 임명할 수가 있는데 고작 초산군수라는 말인가?"

"차차, 일하는 것을 보아가면서 등용하소서. 제 애비 덕분에 벼슬한 자식이라면 어찌 충신재목이 되겠나이까? 스스로 자기 길을 가야 할 줄 압니다."

이러면서 재상은 그만 운명을 하고 말았던 것이다. 허허허, 허무하구나. 그래도 아들 셋이 있으니 다행이구나.

임금은 죽어가면서 부탁한 재상의 말대로 큰아들은 평양감사에, 둘째 아들은 의주부윤에, 셋째 아들은 초산군수에 임명하였다. 그리하여 이 집 아들 셋은 벼슬길에 모두 나갔는데 이중 불만이 있었다면 어느 아들에게 있었을까?

'쳇, 나더러 어찌 평안도 산골 중에 산골인 초산 땅에 가라는 말인가? 이전 키우실 때는 막내아들이라 하시면서 그리 귀애하시더니 이제는 산중 고을원이나 하라고 하시니, 참 마음에 안 드는구나. 그러나저러나 가기는 가야지 어찌할 수 있는가?'

이러한 초산군수에게 첫 소송이 백성으로부터 올라왔다.

"소 판 돈을 몽땅 잃어버렸으니 찾아주십시오."

간단하다면 간단하고 어렵다면 어려운 송사였다. 장에 가서 소를 판 돈이 워낙 무거운 바, 다 지고 집에 오기 어려워서 아무도 없는 곳에 묻어두고 얼마 후에 가보니까 누가 감쪽같이 가져가 버렸다는 것이다.

'이런, 귀신이 곡할 노릇이 있는가. 소장수만 아는 그 자리를 어찌 도둑이 알고 파갔을까?'

초산군수는 난감하였다.

처음에는 간단할 줄로 알았는데 감쪽같이 훔쳐간 도둑을 "나를 잡아가십시오"라고 하기 전에 어찌 잡는다는 말인가. 머리가 아팠다. 좀 시간을 두고 생각하며 조사를 할 일이었다. 수탐조사를 할 일이었다.

"가서 집에서 기다려라. 그러면 내가 궁리를 하여 도둑을 잡아주마."

이런 후에 생각하고 또 생각하고 궁리하고 또 궁리를 하였다. 그러나 자신이 없었다. 오죽 답답한 일인가? 첫 송사가 허사라면 이 고을 사람들이 참으로 자기를 무능하다고 할 것이 아닌가?

하루가 가고 이틀이 지났으나 막막할 뿐 이제 사흘째로 접어들었다. 차근차근 처음부터 조사하여 보자.
· 돈을 묻은 곳은 소장수만 아는 곳이다.
· 다음에 도둑이 캐러 간다.
· 비밀이 샌 것이다.
· 소장수와 가장 가까이 있는 사람이 비밀을 알 것이다.
· 아, 가까운 사람이 범인이다.
'그렇다. 삼 일 만에 내 머리가 비로소 천재답게 움직이는구나.'
"즉시 그 소장수 마누라를 잡아오너라."
이내 사령이 가서 여자를 잡아왔다. 불문곡직 형틀에 올려 놓으라고 하면서 초산군수가 호통을 쳤다.
"네 죄를 네가 알렷다. 어서 이실직고(以實直告)하여라. 그리 안하면 너는 죽는 줄 알아라."
"아이구 예, 말씀드리겠습니다."
이러면서 소장수 여편네가 말하는데 소 팔고 오던 날 빈손으로 온 남편을 본 아내가 궁금하여서 물었겠다.
"돈은 어디다가 두고 빈손으로 오십니까?"
"소를 판 줄을 알면 도둑이 길에서 기다릴 것이며 또 무거운 것을 지고 온다면 힘이 들 것 같아서 어디다가 꼭꼭 잘 묻어놓고 왔다네."
"어디다가 묻었는데?"
"알 것 없어. 여자들은 입이 가벼워서 안돼."
"어찌 저러고도 살을 섞어가면서 내외라고 살까? 흥, 그리

저를 못 믿어요? 돈이 각시보다 낫구려. 각시는 못 믿고 저 땅은 믿는다는 말이군요, 흥."

"이 사람아, 어디 어디 바위 아래에 있네마는 비밀 좀 지키게나."

그리하여서 여자는 비밀장소를 알았던 것이다. 주머니 돈이 쌈지 돈이요, 쌈지 돈이 주머니 돈이며 부부일신인데 어찌 이 두 사람만 아는 돈 묻은 장소가 밖으로 새나가리라고 생각했겠는가. 그런데 이 '어찌'가 바로 사실로 나타났다는 것이 문제였다. 바로 이 여편네에게 샛서방이 있었던 것이다. 여자가 간부에게 야속하게도 남편이 돈 묻은 자리를 알려준 것이다.

"여자란 입이 방정이요, 두 남자를 섬기는 마음이라면 전혀 믿을 것이 못되느니라."

초산군수는 이러한 판결을 내리고 여자와 간부를 잡아다가 중벌을 내리고 소장수에게는 돈을 찾아주었던 것이다.

그러나 초산군수는 씁쓰레하였다. 비록 간부가 있다 하더라도 비밀이 드러나지 아니하였다면 소장수는 계속 아내를 요조숙녀로 보며 안심하고 살았을 터이고, 나중에 아내가 뉘우치고 집으로 돌아온다면 강물에 비가 지나간 자리처럼 감쪽같이 덮어졌을 것이다. 그러나 이제 다 들통이 나버리고 가정은 파탄되었기 때문이다.

또 아내가 앙탈 비슷하게 요구하더라도 끝까지 돈 묻은 바위 밑을 일러주지 말았어야 했는데 마음이 약해서 알려준 것이 이런 비극을 초래한 것이니까 입이 무겁지 못한 소장수도 잘못이라면 잘못이었다.

자기도 못 지킬 비밀을 남에게 지켜달라는 것은 무리다. 이미 자기 입으로 "이것은 비밀인데 너만 알아" 한다면 말이 되지 않는다. 이 말까지 따라서 비밀이 흘러다니는 것임을 누구나 다 경험하였을 것이다.

살다가 보면 크고 작은 이러한 비밀의 노출사건은 모두 나 자신에게 있는 것이다. 애시당초 비밀은 자기에게만 있을 때 비밀이지 한 입 두 입 건너다니면 이미 비밀이 아니다. 비밀이니까 더 잘 전파가 되며 결국은 나에게 해가 된다는 말이다.

"아, 우리 초산군수님 최고다, 존경한다."

칭송이 자자하였다. 그러자 초산군수는 우쭐해졌다. 보아라, 내가 어떤 사람인가. 이러한 자부심이 생겼던 것이다. 이러한 나를 어찌 초산군수 자리에 처박아두게 하였을까. 우리 아버지가 너무하였다는 말이다. 나는 이 어려운 문제를 단 사흘 만에 다 풀었는데…

나라고 의주부윤이나 평양감사를 못하랴? 이만하면 당당한 자격이 있지. 한번 가서 두 형님에게 물어보자. 얼마 만에 해결을 하는지…

"의주부윤 형님, 제가 여차저차한 송사를 받았는데 형님은 어찌하시겠습니까?"

"음, 내게 생각할 기회를 좀 다오."

둘째 형은 그날 밤 끙끙 앓다시피 하였다. 자기에게도 그러한 송사가 족히 올 수도 있는 일이기 때문에 자기 일처럼 생각하고 풀어본 것이다. 둘째 형은 다음날 동생을 불렀다.

"여자야, 소장수 여편네가 문제야. 잡아다가 문초하면 될것이다."

이번에는 평양감사인 큰형에게 가서 이러저러한 송사가 들어왔다고 말하니까, 담배 한 대를 피우면서 고개를 이리 기웃 저리 기웃 하더니만 이내,

"여자다, 그 소장수 여편네를 잡아다가 문초를 해봐라."

하지 않는가. 감탄할 일이었다. 자기는 사흘 만에 푼 문제를 의주부윤 형님은 하루, 평양감사 형님은 몇 시간, 그것도 담배 한 대 피울 시간에 푼 것이었다. 초산군수는 홀로 깊이 반성했다.

'참으로 탄복할 우리 형님들이구나. 아니 우리 아버지로구나. 자식이 어떤지는 우리 아버지 외에 그 누가 더 잘 알까? 나는 아직도 두 형님이나 아버지에게 비하면 멀고 멀었다. 더 공부하고 근신하고 겸손해 하면서 제대로 고을원을 해야겠구나.'

이번 이야기는 어떠한가? 자식의 재능이며 성품을 다 알고 벼슬을 내리는 아버지가 우리라고 되지 말라는 법이 있는가?

효녀 지은의 어머니 봉양

화랑도에는 지도자 격인 화랑이 있고, 그 아래에 낭도가 있다.
신라 진성여왕 시절에 화랑의 지도자인 효종랑(孝宗郞)이 경주 남산의 포석정에서 큰 잔치를 베풀어서 그 부하인 문객과 낭도들이 몰려들었다.
"오늘 하루는 즐겁게 놀아보자. 그러니 몇 시까지 어김없이 포석정으로 모여라."
이러한 제안에 반대할 사람이 없는지라 모두들 재빨리 달려갔다.
효종랑은 인원을 헤아려보았다. 하나, 둘, 셋… 그런데 두 사람이 부족하였다.
"이상하다? 떠날 때 같이 떠났는데 도중에 이 두 사람이 어디로 갔을까?"

이렇게 친구들은 걱정하면서 오던 길로 다시 되돌아가서 두 사람을 찾기로 하였다. 바로 그때에 오지 않는다고 걱정하였던 두 사람이 숨을 헐떡이면서 도착하였다.

"어찌하여 이렇게 늦어서 사람을 초조하게 하는가? 이유를 말하라."

효종랑이 묻자, 두 사람이 번갈아가면서 상황 설명을 하였다.

그들 두 사람이 포석정으로 가다 보니 어느 집에서 갑자기 울음소리가 났는데 그 울음소리는 사람이 죽어서 우는 소리도 아니고 그렇다고 매를 맞아서 우는 것도 아닌 이상한 울음소리였다.

그러니 자연히 이들은 가던 길을 멈추고 그 집을 기웃거리게 되었다. 이미 동네 사람들이 집 문 밖에 모여 있었기에 섞여서 본 것이다.

마루에는 머리가 하얗고 허리가 꼬부라진 한 노파와 그 옆에 머리를 길게 딴 남루한 옷을 입은 여자가 서로 부둥켜안고 울고 있는 것이었다.

"서로 안고 있는 모습도 이상하고 울음소리도 이상하다. 여기에는 반드시 무슨 연고가 있을 것이다. 한번 알아보고 가자."

이렇게 마음을 정한 그들은 사람들 틈으로 들어가서 물어보았다.

"참 이상한 것은 울음소리요, 또 끌어안은 모양입니다. 저들은 어찌하여 저렇게 싸우고 있습니까?"

그러자 집 안을 보고 있던 동네 사람이 갑자기 고개를 돌리며 성난 표정을 지었다. 보니 그 사람도 울고 있었다.

"여보, 말 삼가시오. 저들 모녀가 왜 싸운단 말이오? 상황을 모르면 잠자코나 있지 왜 함부로 말을 하오?"

이렇게 핀잔을 받고는 두 사람이 무안하여 어쩔 줄 모르는데 다른 동네 사람도 못마땅하게 이들을 보았다. 그 사람도 역시 울고 있었다. 분위기가 이러하니 두 사람은 더욱더 이상하였다.

'저 안에 있는 사람이 모녀인 것은 알겠는데, 왜 우는 것일까? 누가 죽어서인가? 그리고 동네 사람은 왜 같이 울고 있을까? 왜 들어가서 위로하지 않을까?'

이러한 궁금증이 솟아났다. 그래서 가던 길은 다 잊어버리고 나이가 든 분에게 사정을 알기 위해 정중하게 물었다. 그러자 동네 노인이 대략 설명을 해주었다.

노인의 말을 빌리면 서 머리 길게 딴 서시 같은 차림을 한 젊은 여자는 딸이고 나이가 들어 백발이 된 노인이 어머니였다. 딸 이름은 지은(知恩)이었다.

아버지 연근이란 사람은 무남독녀 딸 하나를 잘 기르다가 갑자기 병이 나서 죽고 말았다. 딸애가 열 살쯤 되었을 때 이런 비극을 당하자 어머니는 그만 충격을 받아서 병이 났고, 그 후 몸에 든 병은 나았지만 눈에 열이 들어가서 장님이 되고 말았다.

지은이는 아버지를 잃고, 어머니는 앞을 못 보고, 이렇게 되자 어린 나이에 동네를 돌아다니며 남의 집살이도 하고 때로는 밥을 얻어다가 어머니를 봉양하기도 하였다.

"아이구, 저 어린것 덕분에 내가 사는구나. 저 어린것이 얼마나 고될까? 쯧쯧."

어머니는 항상 근심하였다. 그러나 딸은 어머니를 위로하는 것이 어린애답지 않았다.

"어머니, 자꾸 그러시면 몸이 더 나빠지고, 그러면 제가 걱정이 됩니다. 이 자식을 위한다고 근심 걱정하시는 것이 도리어 저를 해치는 것이니 마음을 굳게 잡수세요. 저도 이제 나이가 열 살을 넘어서 들판에 일을 가면 거의 어른 몫을 받는답니다."

이렇게 의젓하게 말하였다.

어머니는 그 말이 미심쩍고 지어낸 것 같으나 딸의 말도 이치에 맞기에 소리내서 말하지는 않았지만 일 나가고 없는 때에 많이 울었다.

이러한 세월은 십 년이 지나서 이제 지은은 나이가 스물이 되었다. 시집갈 나이가 훨씬 넘었으나 장님 어머니를 두고 어찌 시집을 갈까? 또 좋은 신랑 만나면 봉양은 잘하겠지만 이것도 가난한 자기 처지에 합당한 일도 아닌 것 같아서 아예 어머니만을 위해 자기를 희생하기로 마음먹고 시집갈 일이 나서고 좋은 신랑감이 나서도 물리치고 말았다.

그러다가 작년과 금년에는 흉년이 들어서 있는 사람도 굶어 죽겠다고 하는 판이었다.

그러니 지은이처럼 가난한 사람은 정말로 살아가기가 힘이 들었다. 그저 먹는 것은 벼 찧고 남은 자리에 있는 벼나 싸래기 정도였다. 그러다 보니 어머니 건강이 말이 아니었다.
 말은 안하지만 좀 기름진 고기, 아니 쌀밥이라도 마음껏 드시면 얼마나 좋아하실까 하는 심정이 지은은 들었다. 그래서 부잣집에 가서 일을 할 때에도 엉뚱한 실수를 하는 경우가 많았다.
 어떻게 하면 어머니를 잘 위해 드릴까 하고 어머니 생각을 하다가 정신을 다른 곳에 쏟아서 실수를 하는 것이다. 이러한 일이 자주 일어나자 주인이 지은을 불러서 물었다.
 "어찌하여 요즘은 사람이 얼빠진 것 같으냐?"
 "어머니가 걱정이 되어서 그렇습니다."
 그러면서 사실 이야기를 다 하였다. 그러자 주인은,
 "곡식 삼십 가마니를 줄 테니 우리 집에 몸을 팔아라."
하는 것이었다.
 몸을 판다는 것은 종이 된다는 것이다. 물론 어머니를 봉양할 자유가 있고, 마음대로 나다닐 수 있지만 결국은 그 집에 매인 사람이니 자유는 거의 없어지는 것이다.
 그러나 지은은 그렇게 하기로 하고 곡식 삼십 석을 받아서 바로 주인에게 맡기고 여기에서 나오는 이자로 먹고 살게 해 달라고 하였다.
 주인은 한몫에 삼십 석을 내놓지 않고 얼마씩 떼어서 주니까 편하였고, 지은 또한 자신이 몸을 판 사실을 어머니에게 들키지 않아서 다행이었다.
 딸이 부잣집에 팔려 자유가 없다면, 어머니의 마음이 얼마나 아프겠는가?

그래서 저녁이면 얼마의 쌀을 가지고 집에 돌아와서 어머니에게 저녁을 해드렸다. 그리고 아침이면 일찍 어머니에게 밥을 지어드리고 부잣집에 일을 하러 갔다.

앞을 보지 못하는 어머니는 딸이 이전보다 일찍 가서 늦게 오는 것이 안타까웠다. 무슨 일이 저리 많아서 쉬지도 않고 일을 열심히 할까?

그래서 딸이 돌아오면 얼굴도 만져보고 손도 만져보았다. 전보다 얼굴이나 손이 더 거칠었다. 그래서인지 이상하게도 영 밥맛이 없어서 쌀밥이라 하더라도 잘 먹히지를 않았다.

"아가, 이 흉년에 어디 가서 이런 쌀밥을 구해 오느냐?"

"어머니, 주인님이 제가 열심히 일을 한다고 이렇게 쌀을 줍니다."

"그것도 한두 번이지, 번번이 쌀을 주다니 참 고마운 사람이다."

그러다가 이상한 생각이 들었다. 아무리 부자라지만 이렇게 딸에게 잘해 주는 이유가 무엇일까? 이런 생각 저런 생각을 하다 보니 근심이 늘어서 밥맛이 여전히 없었다.

거친 음식만 먹다가 기름진 음식을 먹으니까 속이 놀라서 그런가? 그렇다면 시간이 흐를 만큼 흘러서 이제 쌀밥을 먹어도 속에서 거부를 하지 않을 것인데 이상하다. 그래서 딸에게 물었다.

"아가, 요즘 내가 이상하다."

"어머니, 뭐가 이상합니까?"

"전에는 없던 속병이 생겼다. 지난날에는 거친 음식을 먹어도 마음이 화평하고 소화도 잘 되어서 아무런 일이 없었다. 그런데 어찌 된 일인지 요즘에는 쌀밥을 먹는데도 속이 마구 찔리는 듯하구나. 그래서 마음도 불편하고 몸도 좋지 않다."

"아마, 거친 음식을 먹다가 쌀밥을 먹어서 속이 놀라 그런 가봅니다."

이렇게 말하면서도 부모 자식간에 다 통하는 것이 있어서 그런지 눈물이 마구 나왔다. 어머니가 앞을 못 보아서 다행이었다. 이 딸이 우는 것을 본다면…

"아가, 너 울고 있구나. 어미가 앞을 못 본다고 그 동안 낳아서 길러온 내가 너를 모를 줄 아느냐? 눈물이 많구나. 전에는 이런 일이 없었다. 반드시 무슨 사연이 숨겨져 있는 게야. 바른 대로 말하여라."

"어머니, 제가 울기는 왜 울어요? 어머니가 몸이 편찮다고 하시니까 자식된 도리로 근심이 되어서 그런 것이지요."

"아니다. 그보다 더 깊은 데서 우러나는 눈물이다. 네 숨소리가 격해 있다. 전에는 이런 일이 없었다. 어미가 두 눈 뜬 사람보다 자식을 더 잘 보고 잘 안다… 어서 말해라. 거친 음식이 마음 편하고 기름진 음식이 속을 찌르는 이유를. 어미가 쌀밥을 먹고 난 후부터 더 힘이 없고 속병이 나는 것을. 그 이유를 말해라. 지금도 내 마음이 콕콕 쑤시는 것처럼 아프구나."

그러자 지은은 더 이상 어머니를 속일 수가 없어서 말했다.

"어머니, 어느 누가 이 흉년에 매일 쌀을 퍼줍니까? 제 몸을 그 집 종으로 팔아서 이렇게 가져오는 것입니다. 쌀밥을 잡수시면 어머니가 기뻐하시고 몸이 성하실 줄 알았는데 더 걱정하시고 병이 나실 줄이야."

그러면서 지은은 흐느껴 울었다. 어머니도 따라 울었다.

"내가 진작 죽었더라면, 네 애비를 따라갔더라면 너도 시집을 갔을 것이고, 이렇게 남의 집 종살이도 안할 것인데… 눈이라도 보였더라면 내가 품이라도 팔 것인데… 이 어미가 원수라서 네가 이 고생을 하는구나. 아이구, 지은아, 내 딸아."

그러면서 어머니는 울었다.

"어머니, 저는 어머니께서 제대로 못 잡수셔서 그저 잘 잡수시고 힘을 내시라고 한 것이었는데, 마음까지 편하게 해드리지 못하고, 아니 더 불편하게 해드리고…"

"이 무정한 자식아, 구복(口服: 입과 배, 곧 음식)이 제일이라더냐? 부모 자식 사이에 피를 나누고 살을 나눈 처지인데 고작 먹는 것으로 아픔이 가신다더냐? 자식이 고생을 하는데 어미가 어찌 아프지 않으랴? 내 몸을 떼어내서 너를 만들고 내 영혼을 떼어내서 네 영혼을 만들었다. 그러니 너하고 나는 비록 몸이 둘로 떨어졌지만 영혼은 한가닥에 붙어 있는 것이다. 그런데 그런 네가, 남의 집 종을 사는 네 아픔이 어찌 내게 와닿지 않겠느냐? 진작 말할 일이지. 이 무정한 자식아!"

"어머니!"

그러면서 그들 모녀는 지금 울고 있는 중이었다. 동네 사람은 울음소리를 듣고 달려왔다가 너무나 딱하고 절절한 사연을 듣고는 차마 들어가지 못하고 밖에서 숨죽여 들으며 같이 울고 있었던 것이다.

그런데 화랑의 낭도가 아무것도 모르고 모녀가 싸우고 있다고 하였으니 동네 사람들이 이들에게 핀잔을 준 것은 당연한 일이었다.

효종랑은 두 사람의 말을 듣는 동안 자기도 모르는 사이에 눈물이 나왔다. 나머지 화랑도들도 다 감격하여 울지 않은 사람이 없었다. 물론 모녀의 사연을 전하는 두 사람이 우는 것은 당연했다.

"자, 우리 모두 이렇게 감동하여 울고 있는데 모녀를 위해 무슨 일이든 하는 것이 좋겠다."

그러면서 화랑도들을 불러모았다.

"좋습니다. 각기 힘 닿는 대로 추렴하여서 도와주십시다."

이리하여 효종랑은 곡식 백 곡(斛: 큰말)을 내기로 하고 화랑도 일동도 조(租: 곡식) 천 석을 거두어주었다.

저녁에 지은 모녀에 대해 들은 효종랑의 부모는 지은 모녀가 입은 남루한 옷이 마음에 걸려 새옷을 한 벌 하사하였다.

또 이 소식이 임금인 진성여왕에게 알려지자, 진성여왕은 곡식 오백 석과 그들이 편하게 살 집을 한 채 하사하였다. 그리고 재물이 있으면 도적이 침범할까봐 군사를 보내서 지켜주기로 하였다. 동네 사람들에게도 지은을 잘 돌보라고 하면서, 이러한 지은의 딱한 사정을 알고 그 동안 여러모로 도와준 데 대하여 칭찬하였다. 지은을 산 부잣집 주인에게도 잘한 일이라고 말하였다.

사실 그 부자는 지은을 종으로 사기는 하였으나 종의 신분이라 해서 지은을 함부로 다루거나 자유를 구속하지는 않았기에 칭찬을 받은 것이다.

　그리고 효성스럽게 부모를 봉양하였다고 하여 효(孝)자와 양(養)자를 따서 동네 이름을 효양리(孝養里)라 하고 지은 모녀가 처음에 살던 집은 허물어서 크게 절을 지었다. 절 이름은 부모 사랑, 자식 사랑은 다 존경할 만하다 하여 양존사(兩尊寺)라 지었다.

　이 절은 경주시 분황사 동쪽에 있었던 절이지만 지금은 남아 있지 않다. 그리고 이 효녀 이야기가 후에 심청전으로 발전하였다고 하는 설이 있는데 일리가 있다고 하겠다.

구대 손을 위한 선조의 예언

옛날에 한 명풍수(名風水)가 있었다. 그는 이 곳저곳을 다니면서 어려운 사람에게 임시발복(臨時發福)도 시켜주고 만시발복(晩時發福)도 시켜주는 등 좋은 일을 많이 하였다. 임시발복이란 명당자리에 조상을 모시자마자 이내 복이 들어오는 것이며, 만시발복은 이대, 삼대 후손에 가서야 그 명당에 바람이 분다는 것이다. 이처럼 명당을 써서 후손에게 복을 주려는 것은 한국인의 중요한 의식(意識)이다.

 이러한 명풍수도 고민이 있었다. 자기가 죽은 후 먼 후손을 보니까 그만 자손이 끊어질 운세였기 때문이다.

 '허허허, 우리 문중의 대가 끊어지면 안되는데… 내가 살아 있을 때라면 어떤 방도를 쓸 수 있겠는데 먼먼 후손인 저 팔구대 후의 일이니 어찌하여야 할 것인가? 옛말에 적선지가(積

善之家)는 필유여경(必有餘慶)이라 했는데 내가 그 동안 좋은 일을 하느라고 했으니까 한번 열심히 기도해서 대가 끊기는 일이 없도록 해보자.'

명풍수는 이렇게 마음을 먹고 열심히 기도를 하며 수도(修道)하였다. 보통 사람이면 내일 일은 물론 한치 앞도 모르는데 명풍수는 일이백 년 후를 걱정하면서 방안을 세우고 있었던 것이다. 그러다가 드디어 한 가지 묘책을 알아냈다.

얼마 후 명풍수는 숨을 거두면서 자손에게 종이 하나를 주며,

"집안에 대(代)가 끊길 정도로 위기가 오거든 이 종이를 사용하여라."

하며 유언을 남겼다. 자손이 보니까 편지의 겉봉에는 '당하직행(堂下直行)'이라 쓰여 있었다. 풀이하자면 즉시 집 아래로 달려가라는 말이 아닌가? 도대체 이것이 무슨 뜻이냐고 물으니까 미소만 띄우고는 그만 명풍수는 운명을 하고 말았던 것이다.

'당하직행', 문자대로 해석이야 하지만 어떤 때 쓰라는 말인가? 대가 끊길 정도의 어려움이란 어떤 때인가? 어찌 되었든 후손은 이 당하직행이라는 말을 잘 기억하면서 궁금한 가운데 조심조심하면서 살았다. 그 후 세월이 흘러 일이백 년이 지났다.

그런데 구대째에 이르러 문제가 발생하였다. 남의 일에 잘못 걸려들어서 그만 구대 후손이 죽게 된 것이다. 만약에 구대 후손인 외아들이 죽게 된다면 장가 전인지라 그 집안은 대

가 끊기는 비참한 지경에 빠지는 것이다.

"허허, 이런 비참한 일이 있는가? 모함에 빠져서 대가 끊기다니."

이렇게 탄식을 하던 구대 후손은 문득 생각이 떠올랐다.

'당하직행(堂下直行)' 그렇다. 구대 조상이 대가 끊길 위기에 처하면 이 글이 쓰인 종이를 가지고 해결하라고 했던 것이다.

"이제 사형을 앞두고 너는 무슨 소원이 없느냐?"

재판하던 판서 대감이 최후의 소원을 말하라고 하니까 구대 후손은 집에 연락하여서 구대 조상이 가보로 전해 준 편지를 가져왔으면 좋겠다고 하였다. 사람이 죽는 마당에 무슨 일인들 못 들어줄 것인가? 즉시 편지를 가져오게 했다. 이백 년이 더 된 이 빛바랜 편지, 그 낡은 편지 겉장에는 '당하직행(堂下直行)'이라고 쓰여 있지 아니한가?

"음, 겉봉에 쓰여진 글로는 무슨 의미인지 모르겠다. 속종이를 한번 볼까?"

이러면서 판서 대감이 겉봉을 뜯어 보니까 여러 장의 종이가 들어 있었다. 그런데 첫장에도 겉봉과 같이 '당하직행'이라는 글씨만 쓰여 있었다. 두번째 종이에도 역시 마찬가지였다. 참으로 이상한 일이었다. 다시 세번째 종이를 보니까 무어라고 쓰였는가? 네번째 종이, 다섯번째 종이, 여섯번째 종이, 일곱번째, 여덟번째 종이에는 똑같은 글자 '당하직행'뿐이었다. 다만 다른 것이 있다면 끝으로 갈수록 차츰차츰 글씨가 작아져서 나이가 든 판서가 읽기 불편하다는 것이었다.

"마지막은 어떤 글씨인가? 다른 것인가? 같은 것인가? 아주 이상한 글자가 여덟 번이나 반복이 되는데 무슨 뜻일까? 참으로 이상하구나."
  그러면서 아홉번째 속종이를 펼쳐 보니 글씨가 작아서 잘 보이지 않았다. 그래서 후손에게 무슨 내력인지 물어보려고 일어섰다가 문득 글자가 풀이되면서 마음에 와 닿았다.
  "당하에 직행하라! 어서 빨리, 어서 후다닥, 냉큼 속히, 얼른 내려가거랏!"
  아홉 번이나 당하직행을 충고하였거늘 자기는 무심히 생각한 것이 아닌가? 아차 싶어서 판서 대감은 즉시 자리를 박차고 밖으로 뛰어갔다. 그러자 두세 발자국도 못 가서 '쿵!' 하고 대들보가 내려앉아 버렸다. 하마터면 죽을 뻔했던 것이다. 금방 자기가 앉았던 자리는 이미 박살이 나 있었다. 일 초라도 머뭇거렸다면 후유, 영락없이 죽는 것이 아닌가? 기가 막힌 일이었다.
  "아! 살았군, 당하직행을 한 바람에 살았구나. 고마운 편지로다."
  이렇게 말하면서 천만다행으로 목숨을 건진 판서 대감은 명풍수 후손에게 다가가 이 신기한 일에 대해 물었다. 그러자 명풍수 후손은,
  "저도 모릅니다. 다만 구대조 할아버지께서 자손 중에 대가 끊길 일이 생긴다면서 그때 이 편지를 사용하면 화를 면할 것이라고 유언하셨다는 것만 알 뿐입니다."
라고 대답을 하였다.
  판서 대감은 의문이 풀리지 않아 아홉번째 편지를 다시 찬

찬히 보았다. 그랬더니 종이 아래에 아주 작은 글씨로 이렇게 쓰여 있었다.
"내가 너를 살려주었는데, 그렇다면 너는 누구를 살려주어야 하느냐?"
판서 대감은 멍하니 있었다. 실로 기가 막힌 예언이 아닌가? 자손을 위한 선조의 무서운 사랑, 그 구대조 할아버지는 이미 오늘을 다 알고 있었던 것이다. 그것은 무서운 혈통의식이며 사랑이며 생명의 교환이었다. 이리하여 감동을 받은 판서 대감은 다시 사건을 조사하여 명풍수 후손이 모함에 걸려든 것이지 죽을 죄를 지은 것이 아니라는 사실을 알게 되었다.
"아, 하마터면 엉뚱한 사람을 죽일 뻔하였구나. 그렇다면 내가 그를 살린 것이 아니라 선조가 그를 살린 것이 아닌가? 다만 나는 이 편지를 통해 사실을 규명하였을 뿐이다."
이런 이야기는 우리 나라 여러 곳에서 전해져 온다.

셋째 마당

나는 눈만 나쁘지 다른 것은 다
온전해. 생각도 마음도 다리도 입도 귀도 ...
형도 그래. 다리만 불편할 뿐 다 온전해. 우리는
몸의 일부분이 장애일 뿐이야. 형과 나를
합치면 아주 온전하지 않겠어?

금강산 호랑이를 찾아나선 효자

옛날 금강산에 포수가 한 사람 살고 있었다. 그는 꿩, 토끼, 노루, 멧돼지, 사슴, 곰 이런 짐승들을 불을 놓아서 잡는 명포수였다. 그런데 사냥 대상에서 호랑이가 빠져 있었다.
 "음, 금강산에 호랑이가 많다니까 잡으러 가야겠다!"
 하루는 이런 말을 하니까 아내가 펄쩍 뛰었다.
 "여보, 호랑이란 말은 꺼내지도 마세요. 끔찍한 이야기는 작작해요. 호랑이 같은 것 안 잡아도 밥은 먹고 살 수 있지 않아요? 그러니 금강산 깊은 산중에 들어가지 마세요, 네?"
 "음, 아녀자의 소견으로 그러겠지만 나는 사나이 대장부라, 사나이 중의 사나이인 내가, 짐승 중의 짐승인 호랑이와 대결하는 것이 얼마나 신이 나는 일이겠소? 그러니까 말리지 마시구려."

"여보, 대결이니 승부니 멋이니 하는 것도 상대가 나를 알아주어야 하는 것인데, 저 무지막지한 호랑이에게 무슨 대결의식이 있겠어요? 오직 혈투만 있을 뿐이지요."

"음, 당신이 무어라고 하든 나는 마음을 굳혔소. 호랑이를 잡겠다는 내 마음은 심여철석(心如鐵石)이라 변함이 없으니 더 이상 말을 하지 마오."

"여기 복중(腹中)에 당신 애기가 놀고 있답니다."

"하하하, 잘되었구려. 혹 무슨 일이 생기더라도 나중에 나의 원수를 갚아줄 자식이 있으니까 도리어 안심이 되는구려. 하하하하."

"여보, 여보."

이렇게 울상이 된 아내, 그러나 떠나가 버린 포수.

세월이 흘렀다.

흔히 '금강산 포수'니 '지리산 포수'니 하는 속담이 있듯이 이 포수는 한 번 떠난 후 종무소식이었으니 홀몸이 된 아내, 어느새 사내아이의 어머니가 된 과택은 어쩌라는 말인가? 그럭저럭 세월은 흘렀던 것이다.

포수의 아들이 한 일곱 살쯤 되었을까? 하루는 울면서 집으로 돌아왔다.

"엄마, 울 아버지는 어디 있어요?"

"먼 곳으로 돈 벌러 갔다고 안하더냐? 돈을 많이 벌어가지고 곧 오실 것이다. 그런데 왜 그러냐?"

"어머니, 제가 이제 일곱 살입니다. 돈 벌러 가신 것이 아니라 저 금강산으로 호랑이를 잡으로 가신 것이지요?"

"누가 그러더냐?"

"다 그래요. 애비 없는 후레자식이라고도 했다가 금강산 포수 아들이라고도 했다가…"

"음, 그렇단다. 너는 바로 그 금강산 포수 아들이란다. 살았는지 죽었는지 모르는 너의 아버지. 아, 어디 계시는지…"

"어머니, 제가 찾으러 가렵니다. 총을 하나 사주십시오."

"아이구, 아서라 말아라. 네 아버지가 사냥 가서 저 총 때문에 죽었는데 어린 너까지 호랑이밥이 되게 할 수는 없다. 이왕 집에 못 오시는 아버지는 그만두고 우리 모자나 안전하게 살자."

"아닙니다. 저는 기어코 가겠습니다. 이제 아버지를 찾아나 서렵니다."

"음, 내 아들아, 정녕 네 뜻이 그러하다면 가거라. 이제 너도 사나이니까 말이다. 그러나 지금은 이르구나. 한 십 년만 더 있다가 가거라."

"예."

이리하여 다시 십 년이 흘렀다. 아들은 아버지를 해친 원수 호랑이를 잡으려고 밤이나 낮이나 총 쏘는 연습을 했다. 그래서 이제는 당당한 일등 포수가 되었다.

"어머니, 물동이를 이고 오십시오. 제가 총알 두 방으로 물동이에 구멍을 낸 후 다시 그 구멍을 막겠습니다."

이렇게 말하는지라 아버지 원수를 갚으려는 아들의 청을 어머니는 들어주기로 했다. 그리하여서 한 번은 어머니가 물동이에 물을 가득 담아 집으로 걸어오는데 아들이 탕! 한 방을 쏘아서 동이에 구멍을 냈다. 그리곤 물이 막 나오려는 순간 다시 탕 하고 두번째 총알을 쏘아 그 구멍을 탁 막아버리는 것이 아닌가?

"아, 가거라. 내 아들아!"

"어머니, 그러면 쌀을 빻아서 미숫가루라도 만들어주십시오."

이리하여서 어머니는 멥쌀과 찹쌀을 볶아 빻아서 미숫가루를 만들어 아들에게 주었다.

"어머니, 저는 꼭 돌아올 테니 기다리고 계십시오."

이런 말을 하는 헌헌장부, 저 듬직한 아들을 어머니는 금강산으로 보냈던 것이다.

아들은 깊은 산속으로 들어갔다. 첩첩산중, 아버지의 원수를 갚으려고 호랑이를 찾아나서는 아들, 손에 쥐어진 총 한 자루, 그는 과연 장담한 대로 성공할 것인가?

밤이 되면 나무 위로 올라가서 잠을 자면서 이렇게 며칠을 찾아다니던 중 하루는 나무 위에서 자려는데, 불이 하나 반짝반짝 하는 것이었다. 그리하여 그는 불을 따라가 보았다. 그곳에는 집이 한 채 있었는데 노인 내외가 쓸쓸하게 살고 있었다.

"어디를 가는고? 젊은이는 무섭지도 않은가?"

"예, 아버지 원수를 갚으러 금강산 호랑이를 찾아나섰습니다."

"음, 네 효성은 지극하다만 지금 재간으로는 벅차다. 그러니까 여기서 더 훈련을 쌓아라!"

"할아버지와 할머니는 호랑이가 무섭지도 않습니까? 왜 여기서 사십니까?"

"우리도 호랑이의 피해자란다. 그래서 누군지 모르나 원수를 갚아줄 사람을 기다리고 있단다. 그런데 네가 왔으니 저기 장군수(將軍水)를 먹여야겠다. 장사밥(壯士食)도 먹여야겠다."

이리하여서 포수 아들은 산중 두 노인에게서 기술도, 물도, 밥도 다 신세를 졌다.

"이제 저 바위를 들어보아라. (포수 아들이 땅띔을 겨우 하자) 안되겠다. 더 먹고 힘을 길러야겠다."

이리하여 포수 아들은 힘을 더 길렀다.

"저 바위를 들어라. (포수 아들이 바위를 들어서 어깨 넘어로 넘기는 것을 보고) 되었다. 이제는 가거라!"

"예."

"음, 저 고개 너머 마을이 바로 호랑이촌(虎村)이니 조심하거라. 거기는 인간이란 하나도 없다. 그러니까 들어서거든 만나는 족족 모양이 어떠하든, 선사 사람이라도 호랑이로 알고 쏘아버려라!"

이리하여서 이 포수 아들은 비장한 각오를 하고 다시 산속으로 들어갔던 것이다.

산속으로 들어가니 여자 하나가 나타났다.

"깔깔깔깔, 산중에서 남자를 만나니 반갑네요. 놀다 가세요."

"이 잡것아, 죽어라!"

포수 아들이 총을 쏘니까, 으르렁 깩! 하고 호랑이가 죽었다.

다시 더 산중으로 들어가니까 이번에는 웬 나무꾼이 나타났다.

"하하하하, 이 산중에 나무꾼 친구를 만나서 반갑구려. 이야기나 합시다."

"이 잡것아, 죽어라!"

포수 아들이 총을 또 쏘자 으르렁 깩! 하고 호랑이가 죽었다.

이렇게 몇 번 쏘아버리니까 이번엔 진짜로 큰 호랑이가 나타나서는,

"우리 아들 딸, 손자 증손자 고손자를 이놈이 다 죽이는구나. 그냥 놔두지 않겠다!"

하면서 덤벼들려고 했다. 그 찰나 아들이 총을 쏘아버리니까 호랑이가 으르렁 깩! 하고는 죽었다.

그러자 여산대호(如山大虎)가 나타나서,

"어떤 놈이 우리 마누라까지 죽이느냐?"

하고 호통을 놓았다. 그 순간 포수 아들은 벌린 호랑이 입에다가 총 한 방을 쏘았다.

"으르렁 깩!"

"이 원수의 배를 갈라보자!"

이리하여 호랑이 대장 암수의 배를 갈라 보니까, 소에 우황(牛黃)이 있듯이 죽은 호랑이 내장 속에 주먹만한 적(혹, 단단한 살덩어리)이 하나씩 있었다.

"음, 사람을 잡아먹고서 적이 생겼구나. 떼어가자!"

포수 아들은 호랑이를 처치한 후 산중 노인댁을 찾아가 보았다. 그러나 아무도 없었다. 다만 다음과 같은 글씨가 쓰여진

종이 한 장만 있었다.
 '금강산신(金剛山神)'
 포수 아들은 다시 집으로 왔다. 그런데 도중에 들어선 곳이, 문둥이들의 마을이었다. 문둥이들은 포수 아들을 보자,
 "아, 사람을 잡아서 간을 먹어야 우리가 산다니까 이 사람을 잡아먹자!"
하면서 달려들었다.
 "잠깐, 여기 바로 사람을 잡아먹은 호랑이의 뱃속에서 나온 적이 있으니 이것을 약재로 쓰시오 누룩하고 찹쌀하고 이 적을 넣고 어서 술을 담그시구려!"
 이리하여서 문둥이들은 적으로 술을 담가 한달간이나 그 술을 마셨다.
 "아, 살갗이 성하다."
 "털이 난다."
 이리하여서 문둥이들은 병이 다 나았다.
 그 뒤 이 용감한 효자는 아버지 원수를 산신령의 도움으로 갚고 문둥이들도 고치고 어머니를 모시고 오래오래 잘살았다고 한다.

지성이와 감천이

"지성(至誠)이면 감천(感天)이다"라는 속담이 있다. 잘 알 것인데, 이 속담이 먼저인지 지금 말하려는 설화가 먼저인지는 모르겠으나 속담 유래설화로 세상에 전해 오는 것이 있다.

옛날에 어느 곳에 형제가 살았는데, 딱하기도 하지. 둘 다 몸이 불편하였다. 하나는 앞을 못 보는 봉사이고 하나는 걸을 수가 없는 앉은뱅이였다. 그런 두 아들을 둔 부모는 얼마나 마음이 아팠을까?

"아이구, 내 새끼들아. 어쩌자고 이리 몸이 불편하게 되었더라는 말이냐?"

이야기로 보아서는 두 아들이 선천적으로 그리된 것인지, 어떤 사고 때문에 후천적으로 그리된 것인지 알 수는 없으나 부모는 걱정이 태산 같았다. 부모부터가 병이 날 지경이었다.

아니 병이 정말로 낫고 여러 가지 일로 건강이 회복되지 못한 채로 세상을 뜨고 말았던 것이다.

"아이구, 내 자식아. 이 에미 애비가 없으면 불쌍해서 어쩔꼬? 성한 아이도 고아가 되면 살기가 힘이 드는 판인데, 너희들은 오죽 고생을 하겠느냐? 이런 자식을 두고 우리 내외가 먼저 세상을 떠나야 하다니 정말로 하느님도 무심하구나. 그러나 꺼져가는 목숨을 어찌하겠느냐? 이미 우리는 틀렸으나 너희 형제는 우애 있게 서로 의지하며 잘살아라. 그래야 지하에서 우리가 눈을 편히 감을 수가 있겠구나."

"어머니, 아버지. 걱정 마십시오. 지성이면 감천이라고 형제가 지성으로 우애 있게 살고 감천(感天)하도록 열심히 살겠습니다. 흑흑흑."

"오, 내 자식아, 고맙다. 이제 동생은 지성이라 부르고 형은 감천이라 불러라. 울지 마라. 아, 우리 지성아, 감천아."

이러면서 운명을 하고 말았구나.

부모가 살아 계실 때에는 집안에서 갖다주는 밥을 먹을 수가 있었지만, 이제는 어느 부모가 있고 어느 이웃이 있어서 먹을 것을 갖다가 줄 것인가? 형제가 부득불 나가서 빌어먹을 수밖에 없는데, 불구가 된 몸이 원수라 뜻대로 되지 못하여 걱정이었다. 앉은뱅이인 형 감천이는 탄식을 하였다.

"아, 설상가상(雪上加霜)이요 엎친 데 덮친다더니, 이것이 무슨 불행이냐? 부모 없는 고아가 어디 가서 어떻게 빌어먹고 산다는 말인가? 눈도 발도 이 모양이니…"

그러자 봉사인 동생 지성이가 좋은 의견을 냈다.

"형, 좋은 생각이 떠올랐어. 우리가 한편으로는 몸이 불편하지만 한편으로는 성성하거든. 나는 눈만 나쁘지 다른 것은 다 온전해. 생각도 마음도 다리도 입도 귀도 온전하거든. 형도 그래. 형은 다리가 불편할 뿐 머리도 눈도 귀도 입도 손도 생각도 가슴도 온전하지 않아? 우리는 몸 일부분이 장애일 뿐이야. 장애가 일 할(日割)도 안되는데 울고불고 할 것이 있어? 더구나 형과 나를 합치면 아주 온전하지 않겠어?"

"그래 지성아. 네 말이 맞다. 네가 나를 업어라. 그러면 내가 성한 눈으로 너에게 이리 가라 저리 가라 하고 인도를 할게."

"바로 그것이야. 하나씩은 불편해도 둘을 합치면 보완하여서 온전해진다는 말이야. 어떤 사람은 불구가 둘이 있다고 하지만 우리는 온전한 사람이 하나, 아니 둘이 있다고 할 수 있어. 어려운 사람일수록 단결을 하고 서로 아끼고 합심을 하여 의기 투합한다면 성한 사람이 될 수 있어. 아니 그 이상일 수도 있어. 형, 업혀봐 자, 집을 나가자. 형이 인도해."

"하하하. 네 말이 구구절절이 옳구나. 자, 나가서 살 궁리를 하자꾸나."

이러저러해서 형제는 이 동네에서 밥을 얻어먹고 저 동네에서 구걸을 하면서 살아갔는데, 누가 이르기를, 순천 송광사(松廣寺)에 가면 절이 워낙 커서 잘 데도 있고 먹을 것도 흔하다고 하는지라 그곳으로 발길을 돌렸다.

"우리는 행복해. 둘 다 멋진 소식을 들을 수 있는 성한 귀가 있으니까 말이야."

이런 말을 하면서 형제는 길을 갔는데, 때는 마침 한여름이라 몹시 목이 탔다.
"아이구, 목말라라. 형, 어디 샘이 있는가 좀 찾아봐요."
업고 가는 동생 지성이가 힘이 들어서 목마르다고 하니까 업힌 형이 사방을 두리번두리번하다가,
"응, 저기 샘이 있다. 그리 가보자."
라고 해서 형제는 그리로 갔다. 가서 물을 마시는데 감천이가 샘 속을 보더니,
"아이구, 저기 금덩어리가 있네! 아주 커다란 거야."
라고 하지 않는가? 크기도 크려니와 물 속에 깊이 들어앉아서 꺼내기도 어려웠다. 보고도 못 가질 황금이었다. 아, 이 금덩어리가 우리 형제몫이 아니라면 다른 사람에게라도 주자. 그러한 생각을 하며 감천이가 보니까, 마침 소금장수 하나가 땀을 뻘뻘 흘리면서 가고 있었다.
"여보시오. 소금장수 아저씨. 여기 샘이 있으니까 와서 물을 마셔봐요. 그리고 황금덩어리도 가지세요."
"뭐? 샘? 응? 금?"
"그래요, 어서 오세요."
그러자 소금장수가 급히 달려왔다.
그리고는 샘 속으로 뛰어들어 누런 황금을 꺼냈다. 이 바람에 소금자루에 물이 스며들고 말았다. 그러거나 말거나 황금만 꺼낸다면 이까짓 소금이 문제인가 하는 순간,
"앗, 구렁이다!"
하면서 샘에서 꺼내고 있던 황금덩어리를 땅바닥에 내팽개쳐

버렸다.

"이놈들아, 저기 구렁이가 혀를 낼름낼름하지 않아? 하마터면 죽을 뻔했네. 이 두 병신이 누구를 속여? 이것들아, 이것이 누런 구렁이지, 황금덩어리야? 괜히 저 자식들 말만 듣다가 귀중한 소금자루만 녹였네그려. 퉤퉤."

이러면서 침을 뱉고 가버리는 것이었다.

"그러면 당신 복이 아니구려. 우리는 황금으로 보이는데…"

"나도 황금이라고 믿어. 우리 형은 거짓말을 안하니까. 그런데 왜 저 소금장수는 구렁이라고 할까?"

"눈이 있어도 재물을 재물로 못 보는 것이지. 성한 눈이라도 세상에서 가치가 있는 것을 찾지 못하면 별수가 없지. 누구는 황금이라 하고 누구는 구렁이라고 하는 것처럼 대상을 보는 안목은 큰 차이가 있어. 그냥 보는 눈보다 판단하는 눈이 더 중요해. 지성아, 내가 말한 대로 황금이라고 믿으면 네 눈은 아주 좋은 눈이야. 마침 저 소금장수가 고맙게도 샘 밑바닥에서 꺼내서 팽개쳐 둘로 쪼개놓았으니까 잘됐네. 우리 형제가 반쪽씩 가지고 가면 되니까 말이다."

"그래. 소금장수한테 욕은 얻어먹었지만 고맙다고 해야겠네. 하하하."

이들 형제는 소금장수한테서 욕을 들었어도 고맙다는 생각을 하면서 이제 송광사로 들어섰다. 거처를 정한 것이다.

"불쌍한 인간이 들어온다. 따뜻한 방 하나를 내주어라. 절에서 잔심부름이나 하고 먹고 살게 하라."

이렇게 주지스님이 고마운 배려를 해주는구나. 이렇게 곳곳

마다 사람이 살 곳은 있는 법이다. 고마운 사람이 있는 법이다. 이 세상은 인정이 무정보다 많은 법이다. 그래서 이제 절에서 사는데 하루는 저 담장 밑에서 쥐가 한 마리 나타나서 뚤레뚤레하였다.

"오라, 네가 배가 고파서 그러는구나? 우리가 한 숟갈씩 덜 먹고 너를 주마."

봉사 지성이가 밥을 갖다주었다. 앉은뱅이 형이 가리키는 대로 가니까 쥐가 있는 곳이 나왔다. 쥐는 도망도 가지 아니하고 주는 밥을 맛있게 먹었다.

"야, 쥐야. 우리도 얻어먹는 신세다마는 너 하나는 굶기지 아니할 테니까 끼니때마다 오너라."

"…"

쥐가 말하지는 못하지만 표정은 그러겠다는 것이었다. 어렵게 살면서 자기까지 먹여살려 주겠다는 데 대한 고마움을 표시하는 것 같았다.

"지성아, 우리라고 남을 못 돕겠느냐? 쥐에게 먹을 것을 주니까 아주 기쁘구나. 착한 일을 하려면 욕심을 줄여야 해. 밥을 줄이니까 사랑이 생기누나. 착한 일은 누구나 어떤 형편에서라도 할 수가 있구나."

"형, 우리가 너무 자기 자랑만 하는 것이 아닐까? 밥 한 숟갈로 공치사가 너무 큰 것 같아서 그래요."

"음, 네 말이 옳다. 선행은 비밀이 좋은 것인데."

쥐는 이제 친구가 되었다. 무럭무럭 컸다. 밤낮 살이 쪄갔다. 하루는 감천이가 새삼 감탄을 하였다.

"아이구 저 쥐 좀 봐."
"형, 나는 안 보여."
"응, 쥐가 아주 컸어. 강아지만 해."
"나는 못 보네, 쥐가 큰지 작은지, 강아지만한지 망아지만한지, 알 수가 없네. 만져보고 안아보면 알겠지만…"
"응, 그렇다면 내가 쥐를 네게 데려다줄게."
 이러면서 먹을 것을 주니까 쥐가 기뻐하면서 다가와 밥을 먹는다. 이때 감천이가 잡으려고 손을 쥐의 등에 대고 꽉 눌렀더니,
"찌익!"
하면서 쥐가 크게 놀라서 도망을 간다는 것이 감천이 허벅지를 들이받았는데, 머리를 받친 쥐는 이번에는 감천이 오금을 사정없이 물어버렸다.
"아이구, 내 다리얏!"
"형? 갑자기 왜 그래?"
"쥐가, 쥐가 배은망덕하게도 나를 물었어. 아이구 나 죽네. 쥐가 또 덤비네, 이거 야단났네, 쥐한테 물려 죽겠네."
"형 쥐한테 물려 죽기 전에 어서 도망가."
"그래, 막 달음박질쳐서 도망가야겠구나. 아참, 나 앉은뱅이지. 무, 무슨 수로 달려? 도망가? 아니 그런데 어찌 내가 달려가지. 언제 내 다리가 나았지?"
"형, 어디? 어디? 형이 지금 달려가는 중이야? 그 쥐가 형을 따라가? 나쁜 놈이네. 악! 쥐가 나도 물었어."
"그럼 어서 그 쥐를 잡아버려. 우리 도망만 갈 것이 아니라

쥐를 잡자. 잘 보고 잡아!"
"내가 뭐 보이나? 나는 장님인데. 앗? 보인다! 눈떴다. 아, 여기 쥐가 있다! 쥐, 쥐가 보인닷!"
"아이구 이리 좋은 것!"
앉은뱅이가 달려가고 장님이 광명천지로구나! 어화절싸 기쁨이여! 어허러차 신나누나.
송광사가 우끈하였다. 보는 사람마다 기쁨이었다. 감탄이었다. 저런 쥐에게는 물려도 되는구나.
"지성이면 감천이구나."
여기저기서 웃음꽃이 피고 산지사방에서 구경꾼이 백차일 치듯하였다. 세상에는 이런 기적도 있구나.
그런데 주지스님이 서울에서 온 사신을 만나고 나서 호사다마라고 큰 걱정을 하는 것이었다. 모두들 걱정을 하였다.
"무슨 근심이 있으십니까?"
"아, 중국에서 큰 황금덩어리 둘을 바치라고 하는 바람에 나랏님이 전국적으로 황금을 구하신다는데 우리 절에 그런 황금이 있어야지. 그래서 걱정이구먼."
"황금? 황금 두 덩어리요?"
지성이와 감천이는 화다닥 놀랐다. 바로 샘에서 얻어 여기까지 가져와 누더기에 싸둔 것이 있는데…
"저기 김정승과 이정승이 사신으로 와서 고민을 하고 있는데, 그들은 이전 나의 글방 동무들이지. 황금을 주는 사람이 있다면 사위를 삼고 싶다는구먼. 그런데 있어야 말이지…"
"주지스님, 있지요. 있고말고요. 꼭 두 덩이 큰 황금덩이가 여기 있답니다."

이렇게 말하면서 다리 성한 감천이와 눈이 성한 지성이가 경주하듯이 자기들 방에 뛰어들어서 각기 황금 반 덩어리씩 서로 먼저 바치누나. 그 광경이 어찌나 흐뭇하든지. 우리 나라 땅에서 난 황금은 본디 나라 재산이요, 나라가 어려울 때 재물이나 사람은 쓰여야 할 것이 아닌가? 얼마 후 지성이와 감천이는 김정승과 이정승의 사위가 되는 대례(大禮)를 올렸는데, 아주 볼 만하더구나. 하하하. 그저 지성이면 감천이구나! 하하하.

생거 진천이요 사거 용인이라

옛날, 경기도 용인에 한 여자가 살고 있었다. 혼인을 하여 행복하게 사는데 그만 중년에 남편을 잃고 말았다. 과부가 되고 만 것이다. 이 과부라는 글자는 단순히 두 글자이지만 그 속에 들어 있는 인생의 신고(辛苦)를 어찌 다 설명할 것인가? 아들 형제가 있으니 더욱 고생이었다. 그런데 이 고생보다 더한 것은 고독, 밤마다 찾아오는 그리움과 외로움과 그래서 생기는 쓰라림이었다. 그리하여 아이들이 어느 정도 크자 시댁에서는,

"아가, 청춘을 그리 늙힐 수 있느냐? 아이들은 우리가 기를 테니까 어서 다른 곳으로 가서 새로운 인생을 살아라."

하고 강권을 하는 것이었다. 여자는 한편으로는 아이 둘을 데리고서 시댁에서 종신(終身)하고 싶기도 했고, 한편으로는 발

길을 돌리고도 싶었다.
 새록새록 그리운 것이 남자의 정이었다. 어쨌든 그 후 여자는 어찌어찌해서 아이 둘을 두고 개가를 하고 말았다. 새롭게 개가를 해서 사는 곳은 충청도 진천이라는 곳이었다. 거기 가서도 여자는 또 아들 몇을 낳았다.
 세월이 흘렀다. 용인 아들은 한 사십이 되고 진천 아들은 서른이 되었다. 그리고 여자도 이제 환갑이 되었다.
 '아, 어머니는 어찌 사시는가? 노래(老來)에 편하게나 사시는지…'
 이런 생각을 한 용인 아들 형제가 한 번은 진천 어머니집 근처에 가서 알아보니 생활이 별로 좋지 아니하였다.
 '아, 우리는 밥술이나 먹고 살고 논밭뙈기나 있는데 저 진천 살림은 실로 간구하구나. 아버지는 이왕 돌아가셨으니 어머니라도 모셔와서 편히 살도록 하자. 그리 없이 사는 집에 계속 사시라고 할 수가 있는가?'
 형은 이런 생각을 하였다.
 '사시는 날까지 편히 사셔야지. 뒤늦게나마 어머니께 효도해야지.'
 동생도 이런 생각을 하였다.
 그리하여 형제는 하루는 아침을 먹고서,
 "진천 가서 어머니를 모셔와야겠다."
하고 떠났다.
 그런데 진천 집에서는 결코 안된다는 것이었다. 그리하여서 씨는 다르지만 한배 형제인 용인과 진천의 자식들 사이에 의

견다툼이 생겼다.

"동생, 어머님을 모셔가야겠네!"

"형님, 우리는 자식이 아닙니까? 안됩니다. 삼십 년 세월을 여기서 잘 지내신 어머니를 왜 모셔갑니까?"

"동생, 자네 어머니뿐인가? 우리 어머니도 되지 아니한가? 더구나 우리는 먼저 낳은 자식이 아닌가?"

"하여간 안됩니다. 우리가 모십니다!"

"하여간 모셔갈 것이네. 살림이 나은 우리가 모시고 가서 잘 봉양을 할 것이네. 뒤늦게나마!"

"오호라, 우리가 못산다고 어머니를 빼앗아 가시려는 겁니까? 못살면 효도도 못합니까? 어디 말해 보세요? 용인 형님들!"

"연만하신 어머니가 노래(老來)에는 편하게 사셔야지. 안 그런가? 진천 동생들!"

"돈이면 다입니까? 돈이 효도의 척도입니까?"

"그럼 나이드신 어머니를 이리 고생시켜드려도 되는가?"

"흥, 지난 삼십 년 세월에 무엇하고 계시다가 이제 와서 우리 어머니를…"

"그래, 지난 삼십 년간 자네들은 어머니에게 무엇을 잘해 주었다는 말인가?"

"안되겠다!"

"안되겠소!"

이리하여 그들은 결국 진천 원님에게 호소를 하기까지에 이르렀다.

"원님, 이러고저러고 하니 좋은 판결을 내려주소서!"

원님도 실로 딱하였다. 서로 어머니를 모셔서 효도를 하겠다고 하니 이 아니 대견한가마는 그렇다고 효도송사(孝道訟事)까지 한다는 말인가?

"진천 동생, 부탁이네. 자네는 삼십 년간 어머니의 사랑도 받고 효도도 했지 아니한가? 어머니를 양보하게. 사정하네. 우리는 어려서 어머니를 잃었네. 그래서 진천 집이 생겼지 아니한가? 우리는 사실 철들고 나서 어머니가 얼마나 그리운지, 때로는 야속한 생각도 들었네. 이제 생활이 좀더 나은 우리 집에서 어머니를 모시는 것도 괜찮지 아니한가? 어머니에게도 우리 용인 형제에게도!"

"용인 형님, 부탁입니다. 이제 어머니는 자식을 사랑하고 자식들한테서 효도를 받는 나이가 아니라 아버님하고 노후를 같이 지내는 것이 필요한 나이입니다. 용인에는 남편이 없고 여기 진천에는 있는데 어쩌자고 이러십니까? 고집을 피울 것이 따로 있지요!"

"아니네. 우리는 꼭 어머니를 모셔다가 효도를 해야겠네."

"안됩니다. 우리는 꼭 어머니를 모시고 아버지와 같이 사시도록 하겠습니다."

이렇게 원님 앞에서 각기 자기들 의견을 말하였다.

원님은 한참 고민을 하다가 평결을 내렸다.

"용인 아들 들어라. 효도는 어머니 사후(死後)에도 할 수 있느니라. 지금 어머니를 모셔가면 여기는 홀아비가 하나 생기고 너희들같이 어머니를 그리워하는 자식이 또다시 생긴다.

너희는 지난 삼십 년간 어머니의 그리움에 익숙해졌지만 이제 생이별을 해야 하는 여기 삼 형제는 처음 맛보는 그리움에 얼마나 몸부림을 치겠느냐? 그리 어머니 생각을 한다면 자주 와서 뵙고, 있는 재물을 좀 떼어서 여기로 가져오면 좋지 않겠느냐. 이제 어머니는 자식보다 남편이 더 필요하다. 애초에 남편을 얻으러 이리 온 어머니, 그래서 가난한 대로 삼십 년을 살아온 어머니, 그런 어머니 처지에서 생각을 해보아라."

"…"

용인 아들은 말이 없었다.

"진천 아들도 들어라. 저런 용인 형님의 심정을 알아야 하느니라. 기나긴 삼십 년 세월, 어머니가 분명 계셔도 고아는 고아였느니라. 저 나이 마흔이 되어도 어머니가 그립다는 몸부림을 알아야 할 것이니라. 그래 그 동안 너희 삼 형제는 몇 번이나 용인에 가서 인사를 드렸느냐?"

"…"

진천 아들도 말이 없었다.

"판결을 내리겠다."

'생거 진천 사거 용인 (生居鎭川 死居龍仁)'

생거 진천이오, 사거 용인이라. 어머니가 살아 있을 때는 진천이오, 돌아가셨을 때는 용인이라. 진천 아들은 어머니가 살아계실 때까지 모셔라. 용인 아들은 돌아가신 후 제사를 모셔라.

다른 이야기는 충청도 제천(堤川)에 사는 한 영감이 밥 잘 먹고, 일 잘 하고, 술 잘 먹고, 길거리에서 잠 잘 자다가 그만 죽어버린 이야기이다. 저승사자가 옮아서 저승, 염라국으로 간 것이다.

"밤새 안녕이랴더니 그만 밤 사이에 초상이 났구나! 우리 아버지가 이리 쉬이 돌아가시다니…"

이런 이승 가족의 울음을 멀리 하고서 최영감은 이제 거주지를 이승에서 저승으로 옮겨야 할 판이었다. 그런데 이 최영감은 하늘이 무너져도 솟아날 구멍이 있고 호랑이한테 물려가도 정신만 차리면 산다는 속담이 있듯이 저승에 끌려가면서도 맑은 정신으로 어찌 된 일인가를 생각하고 또 생각하였다.

"내가 이전에 점을 쳐보았을 때는 더 살 것 같았는데 왜 벌써 여기에 와야 하는가? 한번 알아보아야겠다!"

저승에 가면 틀림없이 죽을 사람이 왔는가 확인하는, 말하자면 인정심문 같은 작업을 문머리에서 한다. 이 공정한 사무를 하는 관 이름이 최판관(崔判官)이다. 최판관이 최영감의 인정사항을 조사하더니 고개를 갸웃갸웃하였다.

"이상하다?"

이러는 최판관을 본 최영감이 그만 큰 소리를 질렀다.

"잠깐 물어봅시다. 과연 내가 맞습니까? 제천 사는 이 최가가 맞습니까? 종씨 양반!"

그러니까 저승사자가 화를 냈다.

"아무려면 우리가 실수를 하였겠느냐? 잔말 말고 저승에 들어가서 처박혀 있어라!"

"아니 이 무슨 소리요? 당신들이 엉뚱한 사람을 잡아온 것은 아니오? 내가 술을 먹고 집에 가다가 길거리에 쓰러져 잤더니, 이까짓 것, 오늘 목표량이 사람 목숨 하나니까 아무 놈이나 채가자, 혼을 긁어서 담아가자는 고약한 심보로 나를 지목한 것이 아니오?"

이러고 대드니까 저승사자의 얼굴이 변하였다. 최판관의 얼굴도 달라졌다.

"이놈들, 그 동안 이런 실수가 허다해서 내가 얼마나 고생을 했는지 모른다. 그때는 머저리 같은 인간이 그저 제가 죽을 때가 되어서 죽어 여기에 온 줄 알고 가만히 있어서 무사하였지만 이 제천 최가는 따지고 덤비니 이를 어찌한다는 말이냐?"

물론 자기들끼리 통하는 저승 말로 이렇게 저승사자를 나무랐다.

"사실 저희들도 피곤하고, 얼른 하나는 데려와야겠고, 그래서 저 주정뱅이는 이래도 죽고 저래도 죽을 것 같아서 그냥 어떠랴 하고 데려온 것인데… 아주 똑똑하네요."

"더 말할 것 없다. 돌려보내라!"

"벌써 사흘이나 지나서 시신이 땅에 묻혀버렸는데요!"

"어허. 시신이, 몸이 없으니 저 최가 혼을 어떻게 한다. 왜 일을 저질러가지고 이리 나의 속을 썩히노?"

이런 알아 들을 수 없는 대화를 하는 것을 본, 배짱이 있고 눈치 빠른 최영감이 호통을 쳤다.

"최판관! 저승사자! 이것이 염라국의 법도요? 즉시 대왕한테 가서 따지겠소!"

그러면서 쏜살같이 염라대왕에게 달려갔다. 그러자 여기저기서 저승사자가 나오고 사색이 된 최판관이 뒤따르고… 이런 난리통에 왁자지껄 소리가 나니까 진짜로 그만 염라대왕이 알게 되었다.

"저 밖에 무슨 소리냐?"

"예, 제천 사는 최아무개를 잘못 잡아와서 소동이 났습니다!"

"응? 그것이 무슨 소리냐? 아니 우리 저승국에도 실수가 있고 착오가 있다는 말이냐? 이렇게 질서가 없고 무책임하고 기강이 서지 않는 공무원이 있다니… 당장 관련자들을 엄벌하라. 그리고 저 망인(亡人)은 생인(生人)으로 즉시 돌려보내라!"

"하오나 여기서 옥신각신하는 사이에 그만 이승은 사흘이 지나서 시신이 없다고 합니다!"

"음, 이런 난처한 일이 있는가? 저기 한 놈이 온다. 저놈이 금방 죽은 놈이니까 즉시 저놈 몸에다가 이 최영감 혼백을 붙여서 내보내라!"

"예…"

이리하여서 제천 최영감은 저승에서 승리하고 남은 목숨을 찾아서 당당하게 이 세상에 나온 것이다. 최영감은 저승을 나오면서 호송하는 저승사자에게 일을 똑똑히 하라고 호통을 치고, 최판관에게도 이승에 나가서 당신을 엉터리라고 폭로하겠다고 윽박질렀다. 그러자 제발제발 살려달라고 저승사자와 최판관이 빌었다. 세상에는 이런 일이 다 있구나, 기분이 좋은 최영감!

"에헴! 내가 이겼다!"
최영감은 소리를 질렀다. 아, 그런데 이것이 무엇인가?
아, 아부지가 살아나셨다!
이 소리가 귀에 설었다. 경상도 사투리였다. 왜 말소리가 다르지? 눈을 떠서 보니 생판 모르는 할멈, 젊은것들이 상복을 입고 있는 모습이 보인다. 최영감은 조심스럽게 보다가 놀라 소리를 지르고 만다.
"응? 너희는 누구냐?"
"옛? 아버지, 영감, 할아버지, 아저씨, 삼촌, 당숙, 재당숙, 누구냐라니요?"
"응? 여기가 어디야?"
"아, 집이지요."
"집, 어디야?"
"경상도 성주(星州) 땅 김씨 댁이 아닙니까? 아버지!"
"뭐, 김가라고, 성주라고? 내가 왜 여기 있지?"
"여기 있다니요? 어제 돌아가셨는데 오늘 살아나신 것 아닙니까?"
"무슨 소리? 나는 제천 사는 최서방이다. 여기는 우리 집이 아니다. 이 할망구는 우리 마누라쟁이가 아니다. 너희는 내 아들이 아니다. 나는 우리 집 제천으로 간다!"
"옛? 아, 아버지가 살아나셨지만은 정신이 돌으셨구나!"
한편 제천에 나타난 최영감을 본 그 집에서는 난리가 났다.
"여보, 할멈. 나 살아났네. 얘들아, 나 저승에서 이제 막 왔다!"

그러니까 할멈은 웬 낯선 영감이 며칠 전에 죽은 영감 행세를 하면서 접근해 손을 만지느냐고 야단야단이고, 아들들은 생전에 보지도 듣지도 못한 영감이 천연덕스럽게 아버지 행세를 하느냐고 놀라고, 이런 식구들의 놀람과 거부와 부인에 최영감은 화가 나서 열을 식히려고 우물가로 가서 물을 한 바가지 끼얹어 정신을 차리려다가 우물에 비친 자신의 모습을 보고는 놀라서 물었다.

"응? 저 영감이 누구야? 나는 어디 가고 낯선 영감이 있지?"

이리하여서 원님에게 달려간 성주 아들네와 제천 아들네가 서로 싸웠다. 아버지, 아버지… 원님은 이해하였다.

"사람은 영혼과 육체가 합쳐서 산다. 그런데 최영감은 지금 육체는 성주 김영감이고 정신은 제천 최영감이다. 자 육체가 우선이냐, 영혼이 우선이냐?"

"영혼입니다!"

"그러면 최영감은 제천에서 살아라. 돌아가시면 성주에서 모셔라. 생거 제천 사거 성주(生去堤川 死去星州)! 그리고 너희 양쪽 집은 사이좋게 형제로 살아라. 또한 사람이 죽으면 때로는 이렇게 소생하는 일이 있으니까 사흘까지는 묻지도 태우지도 말아라!"

자, 당신은 이 판결을 어떻게 생각하는가?

숨살이꽃에 얽힌 우애

옛날에 어떤 사람이 아들 하나, 딸 하나를 낳고 살다가 어린 오누이만 두고 그만 세상을 덜컥 떠나버리고 말았다. 다행하게도 재산은 있어서 그럭저럭 실았다.

 남동생은 서당엘 다녔는데 생기기도 잘생겼고 공부도 잘하였다. 누나도 아주 잘 위했다. 동네 사람들에게도 자신의 부모에게 하듯 예절이 발라 부모는 없을망정 아들 하나는 잘 두었다는 칭찬을 받았다.

 남동생뿐인가? 누나도 아주 요조숙녀였다. 길쌈질이 뛰어나고 무엇보다도 인물이 출중했다. 그런데 이리 외모가 잘생기고 마음씨가 곱다 보면 시기하고 질투하는 무리가 나오게 마련이다. 바로 서당 아이들이 못된 꾀를 낸 것이다.

 하루는 서당 아이들이 남동생을 보고서,

"우리도 이제 술을 배울 때가 되었어. 나이가 얼마라고? 그리고 사나이는 술을 통해서 우정이 돈독해진다는 것을 알아야 해. 그러니 우리 어울리자."

하고 말하니 이 아이가 어찌 거절을 하겠는가? 친구들이 어울리자는 것을 누나에게 말하자 누나는 수건을 턱밑에 넣고서 술을 조금만 입에 대고 그냥 수건에 부어 적시라고 하였다.

그리하였건만 비상을 어찌 이길 것인가? 서당의 악동들이 술에다가 비상이라는 극약을 탔던 것이다. 동생은 머리가 아프다며 가까스로 집으로 돌아와,

"누님, 나 죽어요!"

하면서 쓰러져버리는 것이 아닌가? 청천벽력이었다. 멀쩡하게 나갔던 동생이 이리 죽어서 오다니, 이런 일이 어디 있는가?

"아, 때를 기다리자. 동생이 살아날 때를."

누나는 조용히 동생의 시신이 누워 있는 방에 자물쇠를 채우고 못질까지 했다. 그리고서 말을 타고 정처없이 떠났다. 물론 남장을 하고서 말이다.

그렇게 길을 가다가 일몰하여서 어느 부잣집에 들어가 하룻저녁 신세를 지겠다고 했다.

"아, 해가 져서 오는 손님, 어이 받지 않으랴. 어서 들어오십시오."

부잣집 아들이 말했다. 그가 그렇게 호의를 베푼 데에는 길 가던 과객을 위하는 마음도 있었지만은 시집갈 나이의 누나 신랑감으로 이 과객총각이 마음에 쏙 들었기 때문이다.

"과객총각, 장가갔소?"

"아니오"

"음, 당신은 모르겠지만 저희 아버님 어머님이 당신을 보자마자 사윗감으로 점을 찍었소. 누님만 모르는데 우리 일을 꾸며봅시다."

조금 후 아이가 갑자기 뒹굴었다. 배가 아파서 죽겠다고 고래고래 소리를 질렀다. 아버지가 놀라서 달려왔다. 어머니도 달려왔다. 그러나 아이는 계속 아프다고 소리치며 아버지와 어머니를 가까이 오지 못하게 했다.

"아가, 우리 외아들 아가, 어쩌란 말이냐?"

"아버지, 누님을 불러주세요. 누님이 업어주면 혹시 제 배가 나을지 몰라요. 어렸을 때 누님이 업어주면 배가 나았잖아요."

"음, 이 녀석. 다 큰 녀석이 여전히 누님만 찾고 업히겠다고 하다니… 너는 아직도 어리다 어려."

부모는 별당에 있던 딸애를 불러 아들을 업어주게 했다.

이런 연후에 아이의 배는 씻은 듯이 다 나았다. 본디 꾀병이었으니까.

그날 저녁 아이는 과객총각에게 말하였다.

"아까 우리 누님 보았지요? 내가 우리 누님을 규중에서 불러내는 재주가 용하지요? 어때요? 색싯감으로…"

"아, 좋기는 좋더라마는 나는…"

"해요, 하세요 나는 당신이 자형감으로 좋거든요."

"아…"

할 수 있는가? 이리하여 부랴부랴 혼인식을 올렸다.

첫날밤.

"오늘이 아버지 제사라서 잠을 못 자겠습니다."
신랑이 이리 말하자 신부가 이내,
"아, 못 뵙는 시아버님일망정 오늘 저녁이 제샷날이라면 제가 제수를 차리겠습니다."
이리하여서 첫날밤은 넘겼다. 이튿날 밤,
"오늘 저녁은 우리 어머니 제샷날이라서…"
이런 신랑에게 신부는,
"못 뵈었을망정 며느리의 예를 다하겠습니다."
이리하여 연이틀 첫날밤을 치르지 못하였다.
사흘째 되는 낮에 이 집 아들, 그러니까 처남이 되는 아이가,
"오늘은 제가 아무에게도 보여주지 아니한 우리 집 꽃밭을 보여드릴게요. 따라오세요."
하는지라 신랑은 이 처남을 따라서 꽃밭으로 가보았는데, 이 처남이 온갖 꽃을 다 설명하다가 딱 하나만 설명을 안하고 입을 다무는 것이다.
"저 꽃은 남이 알면 아버지한테 혼나는 꽃."
"그래, 이제 이 집 사위가 되었는데 남이라서 안 가르쳐준다면 말이 되는가? 우리 사이는 처남매부가 아닌가? 하기야 사위가 무슨 자식인가…"
"아이구, 처남을 막 협박하시네. 사실은… 저 꽃을 따다가 코에 대면 죽었던 사람이 한숨을 쉬면서 살아납니다."
"음, 뭐 그런 것을 가지고서."
"뭐요? 그런 것이라니, 죽은 사람 살리는 숨살이꽃이거늘."

되는 집안은 가지나무에 수박 열린다 210

"그야, 죽은 사람이 있을 때 이야기지 죽은 사람이 없다면 무슨 소용이 있나?"

"하기는 그렇군요!"

그렇게 말하면서 둘은 앞으로 걸어갔다. 그때 과객총각은 처남이 앞서가는 순간 그 숨살이꽃 세 송이를 꺾어서 감추었다.

저녁이 되기 전에 신랑은 말을 잡아타고 집으로 달렸다.

"누님, 제가 언제 집에 와서 잠을 잤어요?"

살아난 동생은 기지개를 켜면서 이상하다고 하였다.

누나는 자초지종을 말하며 동생에게 부탁했다.

"너, 어서 저 말을 타고 신부집에 가서 첫날밤을 치르고 그 집 사위가 되어라."

이리하여서 살아난 동생이 그 집 신랑이 되고 그 뒤 누나도 백년가약을 맺어 잘살았단다.

제 몸값으로 형님을 풀어주오

강원도 명주군 녹계면 현내 2리 도리 끝에 가면 효자리(孝子里)라는 비석이 하나 서 있다. 그러니까 예전에 이 동네를 효자리라고 하였던 것이다.
흔히 효자 이야기라고 하면 돌아가신 부모님 입에 아들이 손가락을 잘라 피를 넣어드려서 소생케 하였다든가(斷指揷血) 호랑이를 타고 다니며, 또는 그 호랑이의 보호를 받으며 부모 산소를 가보거나 지켰다든가, 잉어나 죽순을 한겨울에 구해 드렸다는 등 여러 가지가 있는데, 이 효자리의 효자 이야기는 듣고 보면 다르다.

김천(金遷)은 고려 때 사람이다.
몽고족이 우리 나라를 쳐들어왔다.

"우리가 사는 북쪽은 여자가 귀하다. 젊은것은 데리고 살고 늙은것은 종으로 부리자. 하하하. 고려 여자는 인물이 좋고 솜씨가 좋다."

이런 되놈들의 말을 들어야 했다. 예나 지금이나 나라가 튼튼해야 한다. 어떤 정치라도 외적을 막는 정치 이상 가는 정치는 없다. 나라, 반드시 지켜야 한다. 백성 반드시 이 나라의 보호를 받아야 한다. 무슨 핑계이든 난리나 전쟁은 허용되지 않는다.

불쌍한 김천 어머니와 형이 몽고 사람에게, 그 되놈 오랑캐에게 붙들려갔다. 납치해 가는 그놈들이 김천을 보고서,

"너도 네 어머니, 네 형과 같이 가고 싶냐? 그런데 너는 자격이 없어. 나이가 고작 열 살이니 어디다가 써먹겠느냐? 하하하. 너는 어려서 필요가 없다. 울지 마, 이 자식아. 우리가 너의 형은 종으로 부리고 너의 어머니도 종으로 부리되 죽이지는 아니할 테니. 하하하."

울며불며 저도 같이 가겠다고 우는 열 살바기 김천이었다. 저 어린것을 두고 끌려가는 어머니와 형도 피눈물이 났다.

혼자 남은 김천은 빌어먹으며 살았다. 졸지에 고아가 되었지만 산 입에 거미줄을 치고 살 수는 없는 법. 일을 하면서 컸다. 그리고 일구월심 어떻게 하면 우리 어머니가 살아오실까, 아니 중국 몽고 땅으로 찾아갈 수 있을까 하는 생각만 하였다.

일을 하다가도 어머니와 형 생각을 하면 눈물만 나왔다. 하염없이 북녘 하늘을 바라보는 젊은이가 되었다. 젊은이 김천

은 벌써 그렇게 컸다.

"김천이, 안됐지만 끌려간 사람은 모다 죽었다는구만. 돌아온 사람은 하나도 없대."

"아, 그렇다면…"

"그래서 이제 제사를 지낸다는구먼…"

"아, 그렇다면…"

"끌려간 날이 제삿날이지 뭐. 다들 그런대."

"아, 그렇다면…"

김천은 상막(喪幕)을 꾸며놓고 삼 년간 상주 노릇을 하였다.

"어머니, 형님, 혼백이라도 조국 고향산천으로 오십시오. 제 곁으로 오십시오. 아, 시신은 지금 어느 하늘 어느 이역 땅에 묻혀 있다는 말인가? 시신이라도 어디 있는지 알기만 하면 달려가서 안고 오련만."

이렇게 한탄을 하며 삼 년 상주 노릇을 하던 어느 날, 낯선 사람이 찾아왔다.

"여기에 김천이라는 사람이 있소? 아니 죽었소? 저기 상막이 있는 것을 보니, 이것 큰일이군!"

"거 누구시오? 김천은 아직 살아 있소이다. 비록 우리 어머니와 형님은 돌아가셨지만… 나 김천은 여기 있소이다."

"아, 다행이구나. 김천이 살아 있구나."

"아, 죽은 목숨과 마찬가지로 살고 있소이다."

"아, 아니오. 어머니도 형도 살아계시오!"

"옛?"

"살아계신다고요. 여기 이 편지를 보시오."

"어디 어디 어디… 아, 살아계시는구나!"

그렇다. 지성이면 감천이라고 이렇게 꿈에도 잊지 못하며 김천이가 어머니, 형님 생각을 하는데 어찌 그분들이 살아계시지 아니하겠는가?

"아, 고맙소. 고맙소. 우리 어머니 소식을 알려주시다니. 그래 댁은 누구시오?"

"아, 나는 중국 사신으로 갔던 사람이오."

"아, 중국을?"

"가서 어머니를 만났소. 고려에서 사신이 왔다니까 우리를 찾아온 노인이 하나 있었소. '강원도 명주 사는 김천이, 우리 아들이 죽었는가 살았는가… 나는 여기서 종살이를 하고 우리 큰아들은 수백 리 떨어진 데서 종살이를 하는데, 비록 모자가 떨어져서 살아 못 만날지라도 죽지 않고 있다고 우리 김천이한테 알려주십시오. 제발 하고 그 노인이 말씀하셨소."

"아, 반가워라. 어머니 소식 형님 소식! 살아계시구나. 고맙습니다. 사신어른! 이 은혜 백골 난망이옵니다."

"뭐, 사신이 하는 일이 그런 일이 아니겠습니까?"

"그렇다면 언제 또 가십니까? 저를 데리고 가주십시오…"

"어렵지만 그렇게 해봅시다. 몇 달 후 다시 중국에 갑니다."

"예, 제가 가서 어머니를 모시고 오겠습니다."

이리하여 사신은 서울로 가고 김천은 열심히 돈을 벌어 모았다. 그 동안 머슴살고 이리저리 모은 것이 스무 냥은 되었다. 그리고 드디어 사신을 따라서 중국 땅으로 들어갔다. 명주 고을 원님까지 노자 돈을 보태준 결과였다. 아니 십여 년을 어머니와 형님 생각을 한 김천의 정성을 하늘이 도와준 덕분이었다.

"저기, 저 고을에 어머니가 계시니 가보시오. 부디 성공하시오."

이러면서 사신은 떠나갔고 김천은 허둥지둥 어머니가 살아계신다는 중국 마을을 찾아갔다.

"어— 머— 니—"

"내— 아— 들— 아—"

모자 상봉. 이런 것을 극적 상봉이라 하는 것이리라.

"아, 어머니 살아계셨군요. 아 아들의 큰절을 받으소서."

"아, 네가 이리 컸느냐? 열 살 때 헤어져 왔는데 이젠 이십 대 청년이 되었구나!"

"저는 어머니가 돌아가신 줄 알고 그 동안 제사를 지냈습니다."

"나도 남쪽 하늘을 보며 네가 살아 있기를 기도했단다."

"어머니는 호호백발 할머니가 다 되셨군요."

"아가, 살아 있는 것만 해도 다행이지. 늙은것이 무슨 문제냐?"

"어머니, 이제 고향으로, 우리 조국으로 가요. 제가 업고 갈게요!"

"주인을 만나보자!"

주인은 그때 이 광경을 보고 있다가,

"뭐, 나를 찾을 것이 있소? 여기 와서 다 보았소. 그래 김천 효자는 어서 어머니를 모시고 가시오."

하였다. 이리 잘되었다. 기적이 일어난 것이다.

"아, 그런데 형도 모시고 가야지요. 형 있는 곳을 당장 찾아가겠습니다."

이리하여 김천은 어머니에게 잠시 동안 계시라고 하고서 그 수백 리 떨어진 곳을 찾아갔다. 가서 보니 형의 몰골도 말이 아니었다.

"형— 님—"

"동— 생—"

또 눈물 나오는 형제 상봉이구나! 그런데 그곳 주인은 좀 모질어서 돈을 주어야만 형을 풀어주겠다는 것이다. 김천이 가져간 돈은 턱도 없었다.

"그렇다면 저까지 종으로 써주십시오. 몇 년이든. 그러면 제 몸값으로 형님을 모셔갈 수 있지 않습니까? 아니, 이 건강한 저를 대신 종으로 쓰시고 우리 형님을 풀어주십시오!"

"김천이가 우리 집 종을 실라!"

이리하여 형제는 그 집 종살이를 하였다. 그래도 김천은 마냥 기뻤다. 몇 년 후면 형도 해방이 되리라. 그때까지 어머니가 살아계시기를…

얼마 후 주인이 불렀다.

"김천, 너는 진짜 효자요, 우애 있는 사람이다. 내가 감동을 해서 형을 풀어주겠다!"

"아, 고맙습니다."

이리하여서 형제는 주인에게 치사를 하고, 어머니를 찾아가 모시고 드디어 고국으로 들어왔다.

십여 년 만에 일가족 셋은 웃음꽃을 피우면서 고향 강원도 명주 땅을 밟았다. 그러니까 김천이 중국에 가서 한 일 년 만에 어머니와 형을 모시고 금의환향한 것이다. 이산가족을 만난 것이다. 어이 이 일이 경사가 아닌가? 어이 김천을 효자라 하지 않을 수 있는가?

운 좋은 데릴사위

옛날 어떤 사람이 조실부모를 했다.
일가도 없었다. 물론 형제자매도 없었다. 어린아이한테는 이웃도 없는 법이다. 이웃은 정도 품앗이라고 주고받는데, 이 아이가 어린 터에 남에게 무엇을 줄 것이 있는가? 그저 받고 또 받는 것인데, 내 자식도 주렁주렁인 이웃이, 남의 아이가 딱하기로소니 마냥 거두어주고, 먹여주고, 입혀주고 할 것인가? 실로 딱하게 되었구나.

어디 하나 엉길 데(기댈 데) 없이 이리저리 다니다가, 얻어먹고 그러다가 한 번은 동네 어느 집을 갔더니 늙디늙은 노인네가 외동딸 하나를 데리고 살다가 밥을 얻어먹으러 온 아이를 보더니,

"아가, 너 그리 고생 말고 우리 집에서 같이 살자꾸나. 그리

설레설레 서럽게 너 혼자 자라느니 우리를 부모로 의지하고 같이 살자는 말이다."

"아이고, 고맙기는 하나 저 같은 것이 감히 이 집 식구가 될 수가 있어야지요?"

"허참, 저 말하는 것 좀 보게. 어린애가 어쩌면 저리 이치에 맞는 말을 다 할까? 자, 우리는 달랑 딸 하나 있단다. 너는 고독하고 우리도 적적하고 우리 딸도 형제가 없어서 쓸쓸하니까 자, 이리 올라와서 우리 아들이 되려무나."

세상에는 이런 선인도 있다. 악한 사람이 눈에 띄게 마련이나 헤아려보면 그래도 착한 사람이 많아서 이 세상이 제대로 돌아가는 것 같다. 이 아이에게 부모가 생기고 안식처가 생긴 것이다. 이러니 피차 얼마나 좋은가 말이다.

세월이 흘렀다. 몇 해가 가니 이 아이도 이제 이성납(다 컸다. 숙성했다, 철들었다라는 전라도 사투리)했다. 그 집 딸, 곧 아이의 누이동생도 잘 커서 처녀 티가 반드르하게 났다.

"아, 우리 딸도 다 컸네. 어디로 시집을 보내야 우리가 마음이 놓일까요? 영감!"

하루는 할머니가 의논을 해왔다.

"음, 저 옆집에 사는 아무개 총각이 욕심을 내고 있던데, 그런데 그애는 어딘가 불량하게 보인단 말이야. 사윗감이든 며느리 감이든 사람은 순해야 돼. 첫눈에 순하게 보여야 하는데 그 총각은 눈이 음침해서 싫어."

"아, 우리가 왜 이리 바보 같을까요? 등잔 밑이 어둡다고 좋은 것은 바로 내 근처에 있다는 말이 있지 않아요?"

되는 집안은 가지나무에 수박 열린다 220

"어디에 우리 사윗감이 있다고?"
"아, 우리 아들, 우리 양아들 말이에요."
"허허허, 이미 우리 아들인데 새삼 사위를 삼을 것이 있느가?"
"옛말에 '수양딸로 며느리삼기'라 했는데, 아, 수양아들로 사위삼으면 어때요? 본디 사위도 내 자식. 우리 아들 맞잡이가 아니던가요?"
"하하하, 그렇지. 저희들 오누이가 부부가 되면 우리도 출가시킬 걱정이며 재산을 나누어줄 걱정을 안해서 좋고 사람을 보내느니 데려오느니 번잡하지 않아서 좋고…"

그래서 이 양아들은 이제 데릴사위가 된 것이다. 그러니 이 아들과 한집에서 사는 딸, 여전히 한집에서 사는 데릴사위와 딸, 그 얼마나 간편하고 마음이 놓이는가 말이다.

하루는 옆집 총각에게 데릴사위가 말했다.

"아무개야, 나무한 지가 오래되어 다 떨어져간다. 그래서 산에 가는데 같이 나무하러 안 갈래?"

"응, 너나 가. 나 안가. 아니 같이 가자."

이러면서 옆집 총각이 지게를 지고 바로 따라나섰다. 가면서 이런저런 이야기를 했다.

부모없이 큰 아이, 곧 데릴사위는 나무 한 짐을 부랴부랴하고 내려오는데 만나기로 한 장소에서 옆집 총각은 그냥 빈 지게만 받쳐놓고 자고 있었다.

"나무는 왜 안했나?"

"응, 나? 나는 부모 밑에서 사니까 나무를 안해도 따뜻하게 살아. 나 그냥 갈란다. 네가 심심할 것 같아서 말벗이나 하려고 따라온 거야."

"아이고, 그렇다면 고맙구나. 미안하구나."

"뭐, 우리 내려갈 때 나무를 한 번씩 교대로 지고 가자. 우선 나무 임자인 네가 지고 앞장서. 저 아래에서는 내가 지고 갈 테니까. 자, 어서 가자."

이래서 둘은 산을 내려갔다. 가는 도중은 수백 길 되는 낭떠러지가 있어서 대단히 위험하였다. 조심조심 나무를 지고 앞장을 서서 데릴사위가 가는데,

"이 자식 떨어져랏!"

하면서 뒤에 오던 옆집 총각, 지금까지 호의를 보이던 그가 갑자기 데릴사위를 차버리는구나. 데릴사위는 나뭇짐을 진 채로 저 천야만야한 절벽으로 떨어지는구나. 아, 이를 어찌할거나.

부모없이 큰 데릴사위는 이렇게 해서 그냥 수중고혼이 되고 말았다.

이웃집 총각은 집으로 돌아왔다. 한편 아무리 기다려도 사위가 오지 아니하는지라 노인네가 이웃집 총각을 찾아가서 물었다.

"우리 집 사위가 자네와 같이 나무를 하러 갔는데 아직 안오네. 어찌 되었는가?"

"어찌 되기는요? 저는 죽을 고생을 했는데요. 아, 산에 나무를 하러 갔으면 저랑 가까이서 하면 얼마나 좋아요? 산중 여기저기를 다 돌아다니더니, 원 나무를 하러 갔는지 버섯을 캐

러 갔는지 산삼을 캐러 갔는지, 아무리 기다리고 소리를 질러대도 와야지요. 그래서 저도 지쳐서 이제 막 돌아왔습니다. 그렇지 않아도 제가 먼저 혼자 집에 돌아왔는가 마침 알아보려던 참이었습니다."

"아니야, 아니야. 혹시 호랑이를 만났나? 어디 낭(낭떠러지)에 떨어졌나? 아이고 별의별 방정맞은 생각이 다 드는구먼. 가서 점쟁이한테 물어보아야겠구나."

그래서 용하다는 점쟁이에게 가서 여차여차하다고 하니까 점쟁이가 한참 공을 들여서 점을 치더니,

"아, 호식이구나. 호랑이밥이 되었어. 몸뚱이는 호랑이 뱃속에 들어갔으나 그 영혼은 산중에 떠돌아다녀."

하였다. 장인 장모는 눈물을 흘리며 말했다.

"그렇다면 산에 가서 씻겨주어야 한다. 날 받아가지고 산에 가서 혼신에게 음식을 풀어 먹여야 한다. 자, 당골을 데리고서 산에 가서 씻김굿을 하지."

일이 이렇게 되어 떡을 해가지고 당골에게 부탁하여서 씻김굿을 하는데, 바로 그 아래가 천야만야한 낭떠러지였다. 징소리가 크게 울렸다. 와자지껄 소리가 났다. 당골이 소리치면서 떡을 절벽 아래에 던졌다.

"엣쉬, 엣쉬. 뭔 뭔 귀신이든지 이 떡을 먹고 잘 가거라. 엣쉬이, 물에 빠져 죽은 귀신도 먹어라. 호식한 팔자귀신도 먹어라. 명대로 못 살다가 죽은 귀신도 먹어라. 그리고 탈도 덧도 없이 잘 가거라, 엣쉬!"

그러면서 다들 내려갔다. 갑자기 산중은 적막강산이 되었다.

그런데 바로 이때,

"아, 아, 내가 귀신이구나. 하기야 절벽에 매달려 사나흘을 살고 있는 귀신이지, 비인비신(非人非神) 나는 무엇인고!"
하는 소리가 절벽 쪽에서 가느다랗게 나는구나. 그렇다. 이 집 사위는 아직 안 죽었던 것이다. 나뭇짐을 지고 낭떠러지에서 떨어지다가 그만 절벽에 난 큰 소나무에 나뭇짐이 걸려서 매달려 살아 있었던 것이다. 올라갈 수도 없고 내려갈 수도 없이 절벽의 한중간에서 사나흘을 연명하고 있었다. 이런 이 사위에게 떡이 떨어진 것이다. 자기 제사떡, 씻김굿 떡이 떨어진 것이다.

"고맙구나. 이것을 먹고 살아보자."
그러면서 떡을 허기진 속에 넣다가 이내 포기하였다.
"이 떡으로 살면 며칠을 더 살겠지. 그 다음은 또 어찌 살라는 말인가? 차라리 이런 삶이 죽는 것만 못하구나. 떡을 먹지 아니하고 저 강물에 떨어져 죽으리라."

쉬— 악 풍덩!
그는 떡을 먹다 말고 강물로 떨어져 죽어버렸다. 절벽에서 기구하게 산 나흘이 다 헛것이 된 것이다. 이제 정말 수중고혼이 되고 말았구나. 쯧쯧쯧 불쌍한지고. 그런데 사람 목숨같이 질긴 것이 있을까? 죽지 아니했다. 하필 물에 떨어진 곳이 커다란 널빤지가 떠돌다가 잠시 머문 곳이었다. 판자에 딱 앉혀진 것이다.

"아이고, 죽기도 힘드네. 얼마 전에는 절벽에서 소나무에 걸려 살고 이제는 강에서 판자에 실려 사네. 이왕 이리 된 것

강물이나 퍼마시면서 며칠간 사는 대로 살아보자."

그래서 데릴사위는 판자에 올라탄 채 이리저리 떠돌아다니다가 어느 물가에 닿았다. 섬이었다. 아무도 안 사는 무인도였다. 섬 안으로 깊숙이 들어가보니 쭉 대밭이었다. 그런데 그 대밭 가운데 오두막집이 하나 있었다.

"오, 저 집에 들어가보자."

가보니까 누가 죽순을 삶아서 그릇에다가 먹기 좋게 기름을 쳐서 담아두었다. 허기진 사람에게는 문자 그대로 환장을 할 지경이었다.

"나중에 산수갑산을 갈망정 먹고나 보자."

그래서 정신없이 먹었다. 배가 불렀다. 이때 발자국 소리가 나더니 누가 들어왔다. 집주인인가보다.

"미안합니다. 아무도 없는데 죽순을 먹어서."

머리 인사를 하고 용서를 빌었는데 그 집 주인이 데릴사위를 찬찬히 보더니,

"너 혹시 아무개가 아니냐? 조실부모한 아이?"

"예, 그런데 어르신이 어찌 저를 아시는지요?"

"아, 너는 내 아들이다. 나는 네 아비다. 성과 이름이 분명하구나. 내가 너의 아버지 혼령이다. 여기서 죽순을 먹고 사는 혼령이란다. 그런데 네가 여기에 웬일이냐?"

"예, 제가 빌어먹다가 어느 집에 가서 양아들이 되고 그 후 그 집의 데릴사위가 되어서 잘사는데 이웃집 친구가 제 처에게 욕심을 냈다가 안되니까 저를 낭떠러지로 떨어뜨려서 죽인 것입니다."

"아, 불쌍한 내 아들아, 그럼 나랑 이 섬에서 살자. 나도 적적하였단다."
"예, 저도 아버지가 그리웠습니다."
그러는 동안 세월이 흘렀다. 그들은 죽순을 먹고 살았다. 아버지는 아들에게 피리와 노래를 가르쳤다. 일등 선생에 일등 제자였다. 아무도 살지 아니한 섬에서 그들은 재미있게 살았다.
그러던 어느 날 아버지가 불렀다.
"아가, 너 이제 이곳을 떠나고 싶지?"
"아, 아니오."
"아니다. 내가 다 안다. 삼 년간이나 공부를 했으니 어디 가서 솜씨를 발휘하고도 싶을 것이고 처도 그립고 장인, 장모도 보고 싶을 것이다. 자, 가거라. 가서 잘살아라. 참, 그런데 너를 죽이려던 원수는 어쩔 셈이냐?"
"글쎄요, 아직 생각을 안해 보았습니다."
"음. 자, 가거라."
그러면서 대 조각으로 뗏목을 만들어서 타라고 하면서 죽순을 주었다.
"이 배를 타고 죽순을 먹으며 가거라. 가다가 이 배가 닿은 육지로 올라가거라."
그러면서 피리를 꼭 챙기라고 당부를 하였다. 이렇게 해서 삼 년간 정이 들었던 아버지이자 스승인 어른과 헤어진 것이다.
며칠 후 그는 어느 해안가에 당도하였다. 그는 뗏목에서 내려 걷다가 잔칫집 분위기가 나는 집에 당도하여 허리가 구부정한 노인이 마당을 쓸고 있는 것을 보고 다가가서,

"안녕하십니까? 영감님. 일몰하여서 어디 잠잘 데를 찾는 중인데 저 좀 재워주십시오. 마당은 제가 쓸겠습니다."

"허, 그래? 그럼 그렇게 하라고."

그래서 마당을 쓸어주고 영감님의 방에 들어가서 밥을 나누어 먹고 잠자리에 들었다. 누워서 곰곰이 지난날을 생각하니 참 기가 막혔다.

'아, 이런 때는 아버지 생각이 나니 피리를 불어야지.'

그래서 자다가 말고 피리를 불었다. 기가 막힌 피리소리… 그러자 안방에서 소리가 났다.

"영감님 방에서 피리 부는 사람 좀 나오라고 하시오."

"…"

"어서 나오시오 나는 이 집 주인이오."

"난 죄가 없는 사람입니다. 아무런 죄도 없는데 어찌 자는 사람을 이리 오라가라 하십니까?"

"아, 죄가 있건 없건 이리 좀 오시오. 내가 오라고 했지 가라고는 안했소이다. 호호호호."

웃는 것을 보니까 주인은 여자였다. 바로 이 고을에서 내노라 하는 일등 기생이었다.

"자, 목욕부터 하고 나서 나랑 화답을 해봅시다. 당신을 해칠 사람은 아니니까 안심하시오 나는 피리를 아오. 알다뿐이오? 당신은 일등 피리 명수요."

이리하여 노래 명창인 이 집 기생하고 피리 명수인 이 집

손님하고 어울리게 되었다. 어울리는 정도가 아니라 기생이 한사코 매달려서 부부가 되었던 것이다.

얼마 후 데릴사위는 기생 처에게서 여비를 타 가지고 예전에 살던 집을 찾아갔다. 그랬더니 이것이 웬일인가? 집 안에서는 곡소리가 나고 사람들이 많이 모여 있었다.

'아, 장모님이 돌아가셨는가? 장인어른이 세상을 떠났는가?'

데릴사위는 기생이 준 새 옷을 숨기고 헌 옷을 입고 집 안으로 들어섰다. 그러나 아무도 자신을 알아보지 못했다. 이 피리 명인은 감개가 무량했지만 집주인은 전혀 모르는 체 울고만 있었다. 아내는 울면서 이렇게 혼잣말을 했다.

"아, 세상천지에 서방을 잃고서 이제 삼 년상의 마지막을 넘겼구나. 탈상을 하고 나면 나는 이제 어떻게 하라는 말인가? 삼 년간은 남편의 혼령이라도 모시고 살았으나, 이제 나는 어이할거나. 저 아랫집 남자에게 갈 수도 없고… 아!"

그리하여 데릴사위가 자세히 살펴보니 장인, 장모는 아직 살아 있었고 이 제사는 바로 자기의 탈상제사였던 것이다. 데릴사위는 그만 울어버리고 말았다. 늙어서 아랫목에 있는 장인, 장모와 우는 아내가 딱하고 자기 신세도 딱해서 울어버렸다.

"아, 댁은 뉘신데 우리 남편의 제삿날 이리 우시오? 우리 남편의 죽마고우라도 되십니까?"

"아니오, 아니오. 바로 나요, 나. 당신의 남편 아무개요!"

"악, 귀신이 나타났다!"

아내는 그만 기절을 하고 말았다.

"아가, 웬일이냐? 아니 댁은 뉘시오?"

"장인, 장모님 인사드리겠습니다. 사위 아무개입니다."

"말도 안되는 일이요. 내 사위는 호식했고, 씻김굿을 했고, 이제 삼 년 탈상을 했는데 귀신은 있을망정 사위는 없소이다. 앗, 그런데 정말 우리 사위구나!"

이제는 장인, 장모가 기절을 해버렸다. 그날 밤 정신을 차린 식구들 넷은 이런저런 지난 이야기를 하다가, 아랫집 원수를 용서하기로 했다. 그리하여 데릴사위는 기생각시도 거느리며 잘살다가 죽었다 한다.

사람 셋을 살려준
사람만이 차지할 터

옛날에 어떤 산골에 어머니와 아들이 살았다. 아버지는 저 청산(靑山)에 계셨다. 나무를 하러 가신 것이 아니고 나무 아래에 잠들어 있었던 것이다.

아들은 남의 집 품을 팔고 어머니는 남의 집 바느질이며 음식을 해주며 어렵게 살고 있었다. 아들은 매일 저녁이면 아버지 산소에 찾아가는 것이 일이었다.

"아가, 이 어두운 밤에 산에 가자면 힘이 들지 않겠느냐?"

"괜찮습니다. 아버지하고 매일 만나기로 약속을 했는데, 제가 안 가면 웬일인가 하고 얼마나 궁금해 하시겠어요? 어머니 안부부터 궁금해 하실 것인데요?"

"아이고! 그러면 얼른 갔다 오너라."

하루는 여느 때처럼 낮에 일을 하고 저녁 무렵 아버지 산소

에 올라가다가 전에는 없었던 솟아오른 돌부리에 채여서, 그만 넘어져 좀 다쳤다. 아들은 놀라고 아팠지만,

"야, 이 돌막아(돌멩이야). 내가 지금은 바빠서 그냥 간다마는, 나중에 내려올 때도 나를 걸어 넘어지게 하면 그냥 안 둘 테다. 그러니 일찌감치 다른 데로 가 있어라, 잉!"

하고 돌막이 사람인 듯 말하며 아버지 산소에 올라갔다 내려오는데, 웬걸, 그 돌막이 다른 데로 안 가고 여전히 있다가는 이 아들의 발목을 걸어 다시 쓰러뜨렸다.

"아이고, 아얏! 너 아직도 안 갔구나! 나한테 혼이 좀 나야겠구나!"

그러면서 아들은 그 돌막을 캤다. 그러고는 그것을 산골짜기에다가 버리려다 이것도 어머니에게 알려드릴 사건이요, 그 증거일 것 같아서 돌막을 캐서 들고 가서는 어머니의 치마폭에다 안겨드리면서,

"이 자식이 저를 놀리지 않겠습니까? 어머니께서도 좀 보시라고 가지고 왔습니다."

라고 말하며 돌멩이를 꺼냈다. 그러자 어머니가 보고는 깜짝 놀랐다.

"아이고, 아가! 이건 누런 황금덩어리다!"

"어이구! 그러면 우리가 부자가 되었네요!"

그래서 이 아들은 황금을 가지고 장에 나가서 삼만 냥을 받고 팔았다. 그런데 황금 판 거금을 말에 싣고 오다가 정자나무에 말을 매놓고 좀 쉬고 있는데, 그 정자나무 밑에서 젊은 부인하고 늙은 할머니가,

"내가 죽는다."
"제가 죽겠습니다!"
하면서 대판 싸우고 있었다. 가만히 살펴보니 시어머니와 며느리 사이인 것 같았다. 여느 고부싸움이 아니라 서로 자기가 죽겠다고 하면서 상대방은 살아 있으라는 고집스러운 싸움이었다. 아들은 여자들끼리 죽겠다는 싸움을 두고 그냥 갈 수가 없었다.

그래서 죽더라도 할 말이나 하고 죽으라고 간청을 하니까, 늙은 할머니가 한숨을 쉬며 말했다.

"우리 아들이 그만 나랏돈을 횡령해서 내일이면 죽게 되었는데, 돈을 마련할 길은 없고 자식은 죽겠고, 자식을 앞세우느니 차라리 먼저 죽는 것이 낫겠다고…"

그러자 아들이 큰 소리로 말하였다.

"여보시오! 죽는다고 해결이 됩니까? 돈이 있어야 해결이 되지요!"

"돈이 있어야지요!"

"왜 나보고 달라는 말을 안하십니까?"

"댁에게 돈이 있을 것 같지도 않고 생판 모르는 남인데다가, 설사 돈이 있다고 하더라도 그 많은 삼만 냥을 댁이 주시겠습니까?"

"음, 삼만 냥. 본디 그 돌막이 벌어준 돈은 산천의 돈이지 나의 돈이 아니다. 자, 가지시오 이 말까지 줄 테니까 말째 갖고 어서 원님에게 가보십시오. 그리고 남편을, 아들을 이 돈으로 살리십시오 아! 기분이 좋다."

그날 밤 집에 돌아온 아들이 어머니에게 사정 이야기를 다 하였더니, 어머니도 잘했다는 것이었다.

세월이 얼마간 흘렀다. 늦가을 밤이었다.

"쿵! 아이고 나 죽는다!"

이런 소리가 나지 않는가? 그래서 방 안에 있던 모자가 달려나가 보니까 웬 스님이 쓰러져 있었다.

"스님! 스님! 누가 이랬습니까?"

"소승이 그랬습니다. 죄송합니다."

"스님이 스님을 쓰러뜨렸습니까? 어찌 그런 일이…"

"떨어뜨리기는 저 감나무가… 저 홍시감이…"

"홍시감이오?"

"아이고! 그냥 홍시감을 따달라고 하시지 않고서."

"그러니까 감도둑질을 하는 중은 이런 벌을 받는다는 교훈을 보여준 셈입니다. 하여간 도둑 중을 이리 친절하게 대해 주시니 감사합니다."

"아닙니다. 도리어 저희가 미안합니다. 애시당초에 우리 집 뒤꼍에 감나무가 없었다면, 스님이 올라가셨겠습니까? 스님! 저 감나무를 베어버리겠습니다."

"아이고! 감나무가 무슨 죄입니까? 기른 사람이, 아차! 그러면 댁을 욕하는 것이 되는군요. 올라간 사람이, 바로 제가 잘못이지요. 자! 제가 아무것도 배운 것은 없으나 산소, 명당터는 좀 볼 줄 압니다. 오늘 저녁은 여기서 자고…"

"암, 당연히 여기서 주무시고 치료하셔야지요."

"네, 고맙습니다. 내일 아침 이 집 어른이 다시 묻힐 명당터를 보러 갑시다."

그리하여 이튿날 아침 스님과 아들은 산으로 들어가 골짝을 지나다가 스님이,

"저기 비각(碑閣)이 하나 있지요? 거기가 명당터입니다."

라고 하자 아들이 손을 저으며 말했다.

"아이고! 비각도 남의 집 재산, 그 아래 기와집이 주인집 같은데 명당이라 한들 어찌 감히 우리가 살 수 있으리까? 다른 명당터를 잡아주십시오."

"나는 거기밖에 모르니 당신이 그리 훌륭하다고 자처하는 효자라면 직접 부잣집에 내려가서 비각터를 사겠다고 하시구려!"

"아니, 제가 언제 자칭 효자라고 언감생심 말을 하였소이까?"

"지금 나를 따라다니는 것이 효자라 하는 일이 아닙니까? 자, 여러 말 할 것 없이 어서 저 기와집 주인하고 담판을 지으십시오. 저는 이제 갑니다. 안녕히."

그리고는 스님은 순식간에 사라져버렸다.

할 수 있는가? 아들은 부잣집을 찾아가서 주인 영감에게 사정 이야기를 하였다.

"아! 우리 비각터가 명당인 줄 아는 것을 보니까 그 스님은 도승이 분명한데 댁이 임자가 될지 모르겠구려. 그 동안 당신이 착한 일 한 것을 말해 보시오!"

"음, 생각이 안 나는데… 정 말해야 한다면 삼만 냥을 그냥 남에게 준 사연이 있는데 들어보십시오."

사연을 다 듣고 난 이 부잣집 영감은,

"글쎄, 내게 이상한 중이 와서 비각터를 하나 잡아주면서 이렇게 글자를 써두라고 하였는데 그 내용인즉 '여기는 사람 셋을 살려준 사람만 차지할 터이다(活三人之地)'라는 것이오. 그런데 바로 당신이었구려. 바로 내가 그 국고를 축내고 죽을 뻔하다가 당신이 맡께 준 삼만 냥으로 살아난 사람이오. 그동안 당신을 찾고 있었는데 이렇게 나타났구료. 아마 그 스님은 당신의 아버지가 환생을 한 것인지도 모르겠구려. 그런데 그때 왜 어머니와 우리 아내에게 그 많은 돈을 주고서도 이름을 안 밝혔습니까?"

"글쎄요. 아마, 이 비각터를 얻으려고 그랬나봅니다. 하하하."

"하하하, 우리 형제처럼 한집에서 출세도 하고 잘살아봅시다."

이런 일이 예선에 있었다고 한다.

수레멸망 악심꽃

이번 이야기는 제주도에서 굿을 할 때에 부르는 꽃감관 이야기, 달리 말하여서 이공본풀이며 수레멸망 악심질침이라는 것이다.

이제부터 수레멸망 악심꽃에 대한 전설을 말하여서 이 세상에 해가 되는 모든 것을 다 씻어내는 내력을 말하고자 하노라.

옛날, 김진국이라는 사람과 임진국이라는 사람이 한 마을에 살았다. 김진국은 몹시 가난하고 임진국은 천하거부로 살았으니 사람 사는 것이 공평하지 아니하구나. 그런데 이들에게 공통점이 있었으니 둘 다 자식이 없다는 것이었다. 나이 사십이면 적은가? 그런데 슬하에 무자식이니 이 어찌 안타깝지 않다 하리오? 탄식뿐이로다.

"허허, 이렇게만 있으면 어찌 자식이 나옵니까? 저기 영검

하다는 동관음사(東觀音寺)라는 절에 가서 불공을 지극하게 드려보십시오. 어쩌면 자식을 얻으리다."

주위에서 이러니까 누가 이 말을 듣고 가만히 있으리오? 백일불공을 드렸다. 큰스님은 염불하고 작은 스님은 목탁 치고, 아침에도 불공, 저녁에도 불공, 백일이 하루 같구나.

허허, 공들인 값으로 김진국은 아들을 낳고 임진국은 딸을 낳는구나. 이런 치성 후에 합궁(合宮)하여 낳은 이 남녀 아이를 어찌 짝짓기를 아니하리까? 김·임 양사돈이 어린아이를 구덕(아기를 눕힌 요람 같은 것)에 눕힌 채 정혼을 하였다.

"허허 구덕혼사를 치렀으니 이애들이 크면 부부가 되지 아니하겠소이까? 우리 사돈으로 잘 지냅시다그려. 허허허."

차츰 세월이 흘러서, 김진국 아들은 원강도령(어떤 이야기에는 사라도령이다)이라 불렀고 딸아이는 원강어미(어떤 이야기는 원강암이라 한다)라 불렀다. 허허, 자라면서 정을 알고 가까이 하니 이제 혼인하여서 유태(有胎)하였구나. 나이 스물이면 남녀가 얼굴만 마주쳐도 아이가 들어서는 데야 어찌하겠는가? 그런데 이런 일이 다 있는가? 옥황상제가 하루는 원강도령을 불렀다.

"들어라. 하늘나라 꽃밭을 지킬 사람이 필요한데, 네가 적격이라 부르니 어서 올라오너라."

이러한 명령에 어느 누가 천상행(天上行) 꽃감관을 마다할 것이며 거절을 할 수 있겠는가?

"저도 따라갑니다. 남편이 없는데 어찌 홀로 살리까?"

"저 만삭배, 태독 같은 저 배로 어찌 머나먼 서역국 화전(花

田)에 간다는 말인가? 아서라, 말아라, 여기서 아이 낳고 내가 기한을 다 마칠 때까지 기다려라."

"아닙니다. 여필종부랍니다. 기어이 따라가렵니다. 말리지 마소서."

이리하여서 이 부부는 함께 서역국으로 향하였다. 배는 남산만하고 발은 콩구슬같이 부풀어서 이 발병으로 이제 더 갈 수가 없었다. 가다가 산중이면 억새를 이불삼아서 자고 동네면 인가 헛간에 잠을 부탁하였다. 억새가 얼마나 위험한 풀인가? 자칫하면 벤다. 바람이 마구 분다. 가다가 가다가 닭이 우는 소리가 나는 동네의 부자 장자네 집에 들어가서 딱한 사정을 말하고 최후의 방안을 내놓았다.

"자, 당신은 삼백 냥짜리 종으로 뱃속 아이는 백 냥짜리 종으로 팔아봅시다."

이리하여 부잣집에 가서 종을 사라고 하니까 첫째 딸도 패가망신의 원인이 되니까 사지 말자 하고, 둘째 딸도 집안이 망한다고 사지 말자고 하는데, 셋째 딸은 이로울지 해로울지 모르나 딱하니까 사서 두자고 제안했다. 결국 장자인 아버지가 셋째 딸 말을 듣고 원강어미는 삼백 냥에 사고 뱃속에 든 아이는 백 냥에 샀다. 이렇게 하고 나서 원강도령은 이제 서역국 꽃밭에 가려는 것이었다.

잘만 있어다오, 죽지만 말아다오, 때가 되면 데리러 오마, 속량할 돈을 마련하여 오마 하는 약속이었다. 과연 지켜질지 모르겠구나. 부부가 마지막 맞상을 받아먹고서 이별을 하누나. 기약없는 부부 이별이여. 아, 사람이 산다는 것에 이런 이별이

다 있구나. 떠날 마당에 원강도령이 신물(神物)로서 얼레빗을 꺼내더니 한중간을 뚝 잘라 아내에게 주면서,

"여보, 당신이 아들을 낳거든 '신산만산할락궁이'라 짓고 딸을 낳거든 그냥 '할렉대기'라 짓구려, 훗날 아들이 커서 나를 찾아올 때는 이 얼레빗 반쪽을 증거물로 주구려."

이러면서 피눈물을 흘리며 이별을 하였다.

그날 밤 부자 장자가 원강어멈이 자는 방에 와서,

"문 열어라. 문 열어라. 종이라면 주인을 모셔야 할 것이 아니냐?"

하지 않는가? 허허, 종 신세가 이렇구나.

"이 고을 풍습은 어떤지 모르나 우리 고장에서는 애기 가진 여자는 범하지 아니합니다. 아기를 낳아야 남자를 받습니다."

"허허 그렇겠구나. 기다리지 뭐."

드디어 아들을 낳았다. 이름이 뭐더라. 신산만산할락궁이, 그렇다. 이 아들을 낳고 몸조리를 하고 있는데, 장자라는 부자가 또 와서 문고리를 흔든다.

"이 고을 풍습은 어떤지 모르나 우리 고장에서는 낳은 아기가 백 일이 넘어야지만 남자를 받습니다."

"그래? 그럼 기다리지 뭐."

이렇게 해서 다시 한 번의 고비를 넘겼는데 세월은 무상도 하여라. 벌써 백 일이 지났구나.

다시 부자 장자가 와서 밤중에 문을 두들긴다.

"문 열어라. 백 일 지났으니 나를 모셔야 할 것이 아니냐?"

이제 어찌할까? 다시 한 번만 넘겨보자.

"이 고을 풍습은 어떤지 모르나 우리 고장 풍습은 아이가 걸음마를 하고 마당에서 놀 때에 몸 허락을 하는 법입니다."

"허허, 그래? 그 정도야 기다릴 수 있지. 하지만 다음에도 미루면 안돼."

무상한 세월은 흘러 할락궁이가 막대기로 말타기를 하며 마당에서 놀게 되었다. 어느 날 자정이 지나 얼마 안 있어 다시 부자 장자가 와서 문고리를 흔든다. 원강어미는 가슴이 덜컥하였다. 이제 어찌할까?

"이 고을 풍습은 어떤지 잘 모르나, 우리 고장에서는 아기가 열다섯이 되어야 몸 허락을 합니다. 그러니, 잠시 더 기다리시지요."

"그래? 이왕에 기다렸으니 조금만 더 기다리지. 하지만 이번이 마지막이야."

의외로 부자 장자는 순순히 돌아가주었다. 하지만 이튿날부터 모자에게는 더 힘든 일이 주어졌다. 할락궁이는 낮에는 소 오십 마리를 몰고 깊은 산중에 들어가 나무 오십 바리를 해와야 했고, 또 밤에는 새끼 오십 동이를 꼬아야만 했다.

어찌 사람의 힘으로 쉬운 일이겠는가? 그러나 묵묵히 해내었다. 원강어미도 낮에는 명주 열다섯 동, 밤에는 명주 석 동을 짜올려야만 했다. 하루하루가 고역이었으며 눈물과 땀으로 세수하는 것이 보통이었다. 세월이 흘러 할락궁이는 어느새 열다섯 살이 되었고 집안의 분위기를 알게 되었다. 어느 날 할락궁이는 어머니 곁에 다가와서 조용히 묻는구나.

"어머니, 대체 우리 아버지는 누구입니까?"

"부자 장자이지 누구겠느냐?"

거짓말을 했다.

그로부터 얼마 후 할락궁이는 어머니에게 콩을 한 되만 볶아달라고 했다.

어떤 아들인데 청을 거절하랴? 어머니는 몰래 장자네 콩을 훔쳐와 볶기 시작했다. 한참을 볶는데 할락궁이가 숨이 턱에 차서 달려와 하는 말이,

"헉헉, 어, 어머니, 저기 문 밖에서 어떤 선비가 부릅니다. 나가보세요."

한다. 그래서 어머니는 볶던 콩을 놓아두고 얼른 밖으로 나가 보았다. 그런데 아무도 없구나. 이상도 하여라. 아들이 어미에게 거짓말을 했나?

할락궁이는 어머니가 나간 사이에 콩 젓던 주걱을 부엌 방석 밑에 감추고는 어머니가 돌아오기를 기다렸다. 그러고는 원강어미가 돌아오자마자 나급한 목소리로 말했다.

"아이고, 어머니 콩이 다 타요. 어서 빨리 저으세요. 어서요. 아, 빨리요."

그래서 저으려고 하는데 주걱이 어디 가고 없구나. 이리저리 헤매는데,

"아이고, 어머니 콩이 타지 않습니까? 손으로라도 어서 저으세요. 어서요."

한다. 원강어미는 어쩔 수 없이 손으로라도 저으려고 하는데, 바로 이때 할락궁이가 어머니 손을 꼭 잡으며 묻는다.

"어머니, 이제는 바른말을 하시렵니까? 제 아버지는 도대체

누구입니까?"

"알았다. 이 손 놓아라. 이제 말할 때가 온 것 같다."

원강어미는 사실을 다 말하기 시작했다. 얼레빗도 꺼내주었다. 할락궁이는 아버지를 찾아가기로 했다.

"어머니 내일이라도 당장 아버지를 찾아가렵니다. 메밀범벅 세 덩이만 해주십시오."

메밀범벅은 어디다 쓰려는 것일까? 여하튼 할락궁이는 얼레빗과 메밀범벅을 가지고 집을 몰래 빠져나가는데, 장자네 집 개 천리둥이가 쫓아온다. 천리를 달리는 날쌘 개다. 이때 메밀범벅 한 덩이를 던진다. 개가 그것을 먹는구나. 그것을 먹는 사이에 천 리를 간다. 만리둥이가 따라오는구나. 또 한 덩이를 던진다. 만 리를 간다. 마지막으로 한 덩이를 던진다. 이번엔 수만 리를 간다. 한참 가다보니 무릎에 차는 물이 있어 건너니, 또 잔등이에 차는 물이 있구나. 건넌다. 또 한참 가다보니, 목까지 차는 물이 있어 그 물을 건너가니, 드디어 서천 꽃밭이 보였다.

할락궁이는 우선 동정을 살피기 위하여 수양버들 윗가지로 올라갔다. 잠시 후 궁녀들이 물을 길러오는 모습이 보였다. 수양버들 밑을 내려다보니 연못이 있었다. 할락궁이는 손가락을 깨물어 피를 두세 방울 연못에 떨어뜨렸다. 순간 연못은 부정해져서 순식간에 말라버리는구나. 궁녀들은 곧바로 이 사실을 꽃감관에게 알렸다.

"수양버드나무 윗가지에 어떤 총각이 앉아서 연못을 마르게 하는 조화를 부립니다."

꽃감관이 나오는구나.

"너는 귀신이냐? 사람이냐?"

"귀신이 어찌 날 수 있으리요? 저는 신산만산할락궁이라 하옵니다."

"정말이냐? 그러면, 내 아들이란 말이냐? 증거를 가져왔느냐?"

할락궁이는 즉시 얼레빗을 내어놓는구나. 꽃감관의 것과 딱 들어맞았다.

"내 자식이 분명하구나. 그런데 이를 어찌한다. 너의 어머니는 부자 장자에게 고문을 받고 돌아가셨구나. 자, 나와 함께 꽃밭으로 가자."

난생 처음 만나는 부자간의 상봉이었지만 기쁨을 나눌 겨를도 없구나. 넓은 꽃밭에는 이름 모를 꽃들이 많이 있었다.

사람을 죽이게 하는 '수레멸망 악심꽃', 죽은 사람을 부활케 하는 '환생꽃', 쉬지 않고 웃음이 나오게 하는 '웃음 웃을 꽃' 하나하나 설명하면서 아버지는 꽃을 따주는구나. 어서 내려가서 원수를 갚으라고 한다. 어찌어찌하라고 가르쳐준다. 할락궁이는 아버지와 이별하고 집으로 내려온다. 아버지가 말한 대로 부자 장자는 할락궁이를 보자마자 죽이려고 달려들었다.

"제가 죽는 것은 한이 없으나 일가친척들을 다 불러주십시오. 할 말이 있습니다."

"그래, 좋다. 죽을 놈이니 마지막 소원을 들어주지."

일가친척들이 모여들자 할락궁이는 웃음 웃을 꽃을 뿌렸다. 그러자 모였던 가족들이 허리를 잡고 뒹굴어가며 웃어대기 시작했다. 다시 재빨리 싸움 싸울 꽃을 뿌려댔다. 그러니까, 이제까지 웃고 뒹굴던 사람들이 패싸움을 하기 시작했다. 여기서 수레멸망 악심꽃을 뿌리니 서로 죽이고 야단이 났구나. 이때 작은 딸이 나서며,

"저 좀 살려주십시오."

하고 애원을 한다.

"좋다. 살려줄 테니 어서 우리 어머니 묻은 곳을 말하여라."

가보니 머리는 청대밭(靑竹田)에 던져놓고, 몸통은 끓어 흑대밭에 던져놓고, 무릎은 푸른 띠밭에 던져놓았구나. 벌써 뼈밖에 안 남았구나.

할락궁이는 정성스레 뼈를 모아서 몸의 형상을 만든 후에, 환생꽃을 뿌렸다.

그러자 죽었던 어머니가 살아난다.

"아아, 봄잠을 참 오래도 갔다."

어머니는 머리를 긁으며 일어나는구나.

할락궁이는 살아난 어머니를 모시고, 아버지를 찾아가 꽃감관 자리를 물려받아 잘살았다고 한다.

이때 원강어미를 죽여 대밭 띠밭에 던졌으므로, 오늘날도 굿을 할 때에 대 한 줌, 띠 한 줌을 두 손에 들고 수레멸망 악심꽃이라 하여, 이 꽃을 하나씩 던짐으로써 인간의 나쁜 생각, 음욕, 가난한 사람을 구제하지 않는 것, 권력 부귀를 탐하는 것 등을 없애버리는 것이다. 인간살이에는 재난, 멸망, 슬픔이 있으나 이때 수레멸망 악심꽃을 던져서 이것들을 하나씩 없애버린다는 것이다.

비상 석 냥이 처방이라니

죽고 나면 원수는 없다라는 말이 있는데 이 말의 내력을 이야기할까 한다.
　옛날에 산을 가운데 두고서 산 안쪽과 바깥쪽으로 두 마을이 있었는데 이 두 마을에는 김씨, 이씨가 주로 많이 살고 있었고 그중에 김서방과 이서방이라는 정승이 살았다.
　"아, 두 정승네가 사이가 좋겠습니다그려."
　이런 말을 하지 마라. 사이가 좋기는커녕, 그냥저냥 데면데면하게 살아도 좋을 것인데 전혀 그런 사이가 아니었으니 원수지간이었다. 왜 원수가 되고 적(敵)을 못 잡아먹어서 서로 으르렁거리는지 그 내력은 과거 일이니까 알 수는 없으나 현재로는 미워해도 보통으로 미워하는 것이 아니었다.
　"아이구, 저 김정승네, 그 김서방네 김가네가 없어졌으면…"

"아이구, 저 이정승네, 아니 이서방 그 작자가 죽어버렸으면…"

이러는 판이니 혼인할 처지도 아니었고 되도록 왕래도 피차 꺼리는 상황이었다.

그런데 하루는 김정승이 병이 들었다. 백약이 무효라고, 그 재산과 그 권세와 많은 연줄로 이리저리 용한 명의(名醫)를 찾아서 약을 써보고 의지하여 보아도 허사였다.

김정승은 이제 거의 죽게 되어 아들을 불렀다.

"나 좀 보아라."

"예, 아버지."

"내가 이제 당장 죽게 생겼다. 하지만 꼭 하나 살 수 있는 길이 있기는 하다마는…"

"예, 어서 말씀해 보십시오. 살 수 있는 방법이 무엇인지 어서 말씀해 보십시오."

"음, 너 말이다. 이정승한테 얼른 가서 처방을 받아와라. 그가 실은 약처방을 잘하니까 그가 준 약을 갖고 와서 나를 살려라!"

"안됩니다. 그는 우리 집과 담을 쌓고 삽니다. 아니 원수지간입니다. 늘 아버지가 죽어야 한다고 소리치는 적입니다. 그렇잖아도 아버지를 못 죽여서 몸살이 난 그 이정승에게 아버지의 목숨을 위탁하시다니, 아버지, 아무리 병이 위독하시다 하더라도 적과 동지도 구분을 못 하십니까?"

"이놈! 이 불효막심한 놈아! 어서 이정승한테 가서 약을 지어와라! 어서!"

"예…"

아들은 기가 막혔다. 하지만 아버지의 명을 받들어 산너머 이정승을 찾아가서 굽히기 싫은 절을 하고 구부리기 싫은 혀를 구부려서,

"사실은 아버지께서 돌아가시게 되어 왔으니 약을 지어주소소."

라고 하니까 이 정승이 대뜸,

"그래? 흥. 살다가 보면 죽는 수도 있지. 그거 비상 석 냥쯤만 달여 먹여!"

하는 게 아닌가? 대수롭지 아니하게 심각한 김정승을 살릴 약을 말하는 이정승. 비상 소리를 듣고 김정승의 아들은 놀라 물었다.

"예? 비상이오? 석 냥씩이나요?"

"비상 석 냥!"

실로 기가 막혔다. 그는 작별 인사를 하는 둥 마는 둥 히고 집에 돌아와서 아버지에게 말했다.

"아버지, 성한 사람도 비상을 조금만 먹으면 즉사하는데, 위독하신 아버지에게 비상을 석 냥이나 드시랍니다."

"음, 그래, 당장 달여달라!"

"예?"

"달여 오라니까 그러네."

아들은 실로 기가 막혔다. 아버지가 망령이 드셨구나. 그러나 어느 명이라고 거역을 할 것인가? 하는 수 없이 비상 석 냥을 사와서 겁이 나고 안타까워서 한 냥을 덜고 두 냥, 그것

도 많아서 또 덜어서 한 냥만 달였다.

　아버지는 비상국 한 냥어치를 들고서 쾌차가 있었다.

　"음, 과연 약발이 듣는구나!"

　그러나 김정승은 조금 낫기만 하였지, 완전히 낫지는 아니하였다. 신기하게도 여기고 안타깝게도 여긴 아들이 이정승을 찾아가서 다시 부탁했다.

　"사실은 아버지가 병이 낫다가 말았습니다. 약이 더 없습니까?"

　"그 약이면 틀림없이 나을 것인데? 석 냥 비상이면 되는데…"

　"아, 석 냥이 아니라 한 냥이었습니다!"

　"아니, 내가 분명 석 냥이라 했을 것인데?"

　"예, 석 냥이 맞습니다마는 너무 많은 것 같아서…"

　"이놈아? 이 불효한 놈아? 이 믿음이 없는 놈아, 어서 가서 초상이나 치러라. 이 죽일 놈아! 어서 달려가서 임종이나 보거라. 아이구 이 답답한 중생아. 내가 살려놓았더니 저 원수가 죽여놓았구나! 이놈아 꼴보기 싫다, 어서 가라!"

　이렇게 고래고래 소리를 치는 것이 아닌가? 김정승네 아들이 기겁을 하고서 산을 어찌 넘었는지 모르게 달려와 아버지를 보니까, 아닌게아니라 사경을 헤매고 있었다. 겨우 말을 알아듣는 아버지 김정승에게 아들이, 비상 석 냥이 아니라 한 냥을 올리고 지금 이정승에게서 혼이 나서 돌아왔다고 하니까 김정승이 가까스로 입을 열어 말했다.

　"아, 원수가 나를 살리고 효자가 나를 죽이누나! 할 수 없지.

이것이 명(命)이니 인력(人力)으로 어찌할 수가 없구나! 이제 내 말을 잘 들어라, 이것까지 거역을 하면 안된다."

"예, 아버지, 어서 말씀하소서."

"내가 죽거든 산소는 이정승에게 보아달라고 하여라!"

"또 이정승입니까?"

"음…"

그러면서 김정승은 운명을 하였다. 아들은 즉시 이정승에게 찾아가 아버지의 유언을 전했다. 그러자 이정승은 먼 산을 바라보며,

"그래? 할 수 없지. 내가 묘자리를 잡아주지."

하지 않는가? 김정승 아들은 무엇보다 비상약이 궁금하여서 이정승에게 설명을 부탁했다.

"음, 김정승은 기름기 있는 음식을 많이 들어서 창자에 기름이 많이 끼어 약을 받지 않아. 그 기름기를 덜어내는 데 꼭 비상 석 냥이 있어야 해. 더도 말고 덜도 말고 석 냥이야. 그런데 네가 한 냥만 달여드렸으니까 죽었지."

"아, 대인(大人)을 몰라 뵈어서 죄송합니다."

"아니야. 사실은 김정승이 대인이지. 자, 구산(求山)하러 나서자!"

그러면서 이정승이 휘적휘적 앞장을 섰다. 이정승이 여기저기를 보더니,

"음, 저 산 아래 십 리 바깥에 있는 들이 굉장한데, 그 들을 다 사거라."

하지 않는가?

"예."

이렇게 김정승 아들이 대답은 하였으나 기가 막혔다. 아버지 산소자리가 그리 넓다는 말인가? 왜 산이 아니고 들인가? 돈이 어마어마하게 드는데, 그 돈이 다 나가면 집에는 거의 돈이 다 떨어질 판인데… 그러나저러나 비상 석 냥의 일이 있는지라 김정승 아들은 하는 수 없이 어마어마한 돈을 들여서 그 들을 몽땅 사들였다.

"음, 돈은 나갔지만 들이 생겼으니 부자구먼. 뭐니뭐니해도 땅에다가 묻어야 해. 자네는 금시발복(今時發福)을 했구먼. 벼락부자가 아닌가."

이런 말을 들은 김정승 아들은 기가 막혔다. 지금 들이니 땅이니 재산을 논할 때인가? 묘자리 몇 평을 찾는 것이 시급한데 말이다.

그런데 부자 하나가 생기면 백 집, 천 집이 망하는 법이다. 부자가 이 세상에 있는 재산을 다 가지게 되어 자연히 가난한 사람이 많아진다는 말이다. 보아라. 여기 넓은 들을 샀으면 하나는 부자가 되고 많은 사람은 그 집의 소작농이 되지 않겠는가? 이러저러한 생각을 하는데 이정승이 말했다.

"들은 샀어도 좀 기다려라. 땅에 모실 시간이 아직 안되었으니까."

그러기를 한두 달 되었다. 초분(草墳)에다가 시신을 안치하여 두었는데 차마 볼 수도 냄새를 맡을 수도 없게 되었다. 시신이 온전하지 아니한데, 그러거나 말거나 이정승은 가만히 있기만 하였다. 아니 가만 있기만 한가? 하루는,

"맏상주! 맏상주!"
하고 불러서 이제 하관(下棺)할 때가 되었나보다 하고 달려가니까 엉뚱하게도,
"저기 저기 웬 울음소리가 나지?"
하지 않는가? 아닌게아니라 울음소리가 났다.
"아, 들립니다."
"저 울고 가는 사람을 데려오너라!"
그래서 가서 데려오니까, 그 사람도 상주인데 돌아가신 어머니를 묻을 데가 없어서 산으로 가 아무 데나 묻으려고 송장을 지고서 가는 터였다.
"어머니를 모실 땅이 없어서 웁니다."
이렇게 말하니 이정승이,
"맏상주, 보기가 딱하니까 우리가 산 저 땅을 다 주지 그래? 인심을 써!"
하지 않는가? 또 기가 막혔다. 어떻게 산 들인가? 그러나 할 수가 있는가? 김정승네 아들은,
"예, 그냥 저 상주에게 드리겠습니다."
하고 대답하고 말았다. 그러나 속으로는,
'인제 진짜 거지가 되었네. 금시발복은커녕 금시패가가 되었구나.'
했다. 그러고 나서도 한 달이 지났지만 이정승은 아무 소리가 없었다. 이제 김정승의 시신은 냄새가 지독하여서 가까이 갈 수도 없었다. 김정승 아들은 마냥 기다리고는 있으나 이정승이 원망스러웠다. 도대체 어쩌자는 것인가?

또 석 달하고도 열흘이 지났다. 김정승이 세상을 뜬 지 꼭 백 날이 되었다.
"이제 시간이 되었구먼. 맏상주가 어서 이 시체를 짊어지게나."
"예."
사실 역겨웠다. 오장육부가 다… 비록 아버지이지만 정이 뚝 떨어지는 시신이었다.
그래도 어쩔 것인가? 우리 아버지 시신을 내가 지어다가 잘 모셔야지…
관을 짊어지고 올라가자니 냄새도 냄새지만 무겁기는 또 얼마나 무거운고?
"음, 정 무거우면 내가 좀 짊어질까?"
이번에는 이정승이 지고서 산으로 산으로, 밤중인데도 올라갔다. 어디가 어딘지도 몰랐다. 그저 이정승을 따라서 올라갔다.
"아이구, 젊은 자네가 지게. 내가 원 힘이 들어서."
이리하여서 이번에는 김정승 아들이 관을 지고 이정승을 따라서 올라갔다. 한없이 가다보니 한밤중이 되었다.
"아이구, 나도 지치고 자네도 지치고… 여기다가 묻지. 이 칡덩굴을 치우고 가져온 괭이로 이곳을 파자고!"
이리하여서 맏상주가 열심히 팠다.
"음, 힘들지? 이번에는 내가 팔까?"
이정승이 벗어부치고 땅을 팠다.
"자, 이번에는 상주가 파!"

이러저러해서 겨우 관을 하나 집어넣을 만큼 파서 김정승을 묻었다.
 "대충대충 봉분을 하고 어물쩍어물쩍하다가 내려가자고!"
 그리하여 이제 하산을 하는데, 그제야 설움이 북받치고 어이가 없고… 그래서,
 "에라, 아버지 산소에 가서 실컷 울고나 가자!"
하고 대성통곡을 하며 도로 산으로 올라가는데, 이정승은 그냥 그 자리에 서 있었다. 상주가 울며 올라가다가 보니까, 웬걸, 싸움이 벌어져 있었다.
 "이놈! 네가 왜 내 자리에 들어가?"
 "이년! 금시발복할 자리를 너한테 주니까 얼씨구나 하고 받아놓고서 무슨 뒷말이냐? 그 너른 들을 네가 공짜로 안 가졌어?"
 "아이구, 이 좋은 명당터를 뺏기고 겨우 재산만 차지하였네. 흑흑흑, 이정승인지 그 개자식인시 고약한 놈같으니!"
 "이년아, 어서 내려가라. 여기는 내가 벼슬을 하고 살 자리니까. 지팡이로 맞기 전에!"
 그렇게 큰 소리를 치는 영감은 분명 김정승이었다.
 "아, 아버지!"
 그러나 맏상주에게는 오직 어둠만이 있을 뿐이었다. 아버지 산소를 찾을 수가 없었다.
 "이상하다? 분명 이 근방인데…"
 그런데 어느새 왔는지 이정승이 와서,
 "내려가자! 다른 사람들이 보겠다. 칡덩굴이 벌써 뻗어서 감

추어버렸으니까, 먼 훗날 이 산을 다 사버리면 되는 것이 아닌가? 남보기 전에 어서 내려가자고, 자세한 것은 집에 가서 알려줄 테니까."

이리하여 둘은 묵묵히 하산을 하였다. 김정승 아들은 이정승이 고마웠다. 아버지 혼백하고 울고 가던 상주의 어머니 혼백하고 명당싸움을 하던 장면이 눈에 선하였다. 집에 온 이정승은 막걸리 한 사발을 들고서,

"잘살 것이다. 나, 이제 가네."

하고는 휘적휘적 자기 집으로 가버렸다.

훗날, 이 맏상주는 과거에 합격하면서 벼슬길이 잘 트였다. 또 출세길은 그 당대뿐이 아니었다. 맏상주가 영의정이 되고 그 뒤로 칠대가 다 큰 벼슬을 하였다는 것이다.

원래 비상 이야기는 조선 중기에 노론이었던 송시열(宋時烈)과 소론이었던 허목(許穆)의 이야기로 전해 오는데, 이 이야기는 그저 원수지간의 미담으로만 민간에 전해 온 것이다.

열 소경에 한 막대기

하루는 율곡 선생이 길을 가다가 보니까 한 집에서 곡하는 소리인지 넋놓은 울음소리인지 방자하게 골목으로 흘러나왔다.

그것도 한 사람 소리가 아니라 서너 사람 울음소리가 노끈 꼬이듯이 꼬여서 물 푸듯이 쏟아져 나오니 길손이 되어서, 더구나 율곡 같은 대인이 되어서 어찌 무심하게 듣고 제 갈 길만 가겠는가?

그래서 새삼 울음소리 출처를 보니 오두막집인데, 문이랄 것도 없는 것을 밀치고 들어가자, 젊었다고 할까 좀 지긋하다고 할까, 그러니까 나이가 스물이나 하고 스물댓이나 하고 서른이나 하였는지, 이러한 나이의 여인네 셋이 다리를 뻗고 울어대는데 차마 눈뜨고 볼 수가 없는 정경이었다.

가서 몇 마디 하려고 해도 듣지 않고 우는 것이 일인 것처

럼 울어만 대니 민망한 율곡 선생이 그때는 그냥 물러나서 제
갈 길로 갔다가, 해질녘에 다시 그 길목을 지나노라니 여전히
울어대고 있었다. 아침나절보다 소리가 더 커지고 애처롭고
쇠 긁어대는 듯한 목쉰 소리였다.

"어허, 여보시오들 남녀가 유별이오만 묻노니, 어찌 그리 대
성통곡이오? 그것도 하루 내내 아침부터 저녁까지 울고, 그것
도 떼지어서 한 목소리로 구성지게 슬프게 울어대니…"

그러자 나이 지긋한 여자가 울음을 뚝 그치더니 율곡 선생
을 노려보듯 호소하듯 말을 하는구나.

"댁은 선비신가본데, 우리 삼 동서(三同婿) 울음이 구성지다
고 말할 수 있소? 우리는 생사가 걸려서 우는 것인데, 배운
사람치고는 무식하고 답답한 말을 하오그려. 구성지게 운다는
말이 이 형편에 어찌 가당키나 한 말이오?"

"어허 참, 내가 큰 실수를 했소이다. 그래 사연이 어떠한
지…"

"그게 그런 것이오. 여기 울음바다를 만든 여자들이란 것이
이 집 삼 동서요 세 며느리지요. 그런데 무슨 놈의 팔자라고
이리 떼과부가 되었구려. 큰아들 가고, 작은아들 가고, 막내아
들 가고, 시아버지 시어머니 기세(棄世)하시고 남은 이 세 며
느리들이 큰아들 기출인 나이 여남은 살 먹은 외아들 하나를,
금이야 옥이야, 집 기둥삼아 대들보삼아, 아들같이 남편같이
의지하고 사는데 그만… 아이고, 이를 어쩐다오?"

"그만이라니? 그럼 죽었다는 말이오? 살았다면 어찌 안 보
이오?"

"안 보일밖에요. 그 아들이 그만 군대에 끌려가게 되었답니다. 나랏님이 군대 오라면 오고 가라면 가는 것이 국법이지 보내기는 한다지만, 굶어 슬프고 추워 슬프고 허전해서 슬프고 그리워서 슬프고, 이렇게 삼 동서가 처량한 신세가 되었기로 이리 원망스러워 운답니다."

 이러한 사정을 말하니 참으로 딱하도다. 이 집 아들 하나 군대 가서 국력이 증강하기야 하겠지만, 세 과부의 생활을 국가가 맡는다면, 아니 못 맡는다면 참으로 세 백성이 죽을 고생이란 말이다.

 그래서 율곡 선생은 허리춤에 매달고 다니던 먹통과 필묵을 꺼내서 그 집에서 종이를 한 장 얻어 관가에다가 소지(訴紙: 호소문)를 한 장 써주면서,

 "이 소지를 원님에게 가져가면 혹시 아들이 돌아올지 모르니까 시험삼아 한 번 가져가보시오."

라고 말하고서는 그 집을 나온 바, 이제 삼 동서의 울음소리는 담은 넘지 않았으나 흐느낌은 간간이 들려왔다. 아, 애잔한 백성이여. 누가 저들 딱한 사정을 알아줄거나?

 누군지 모르는 마음씨 고운 선비의 글을 신주처럼 모시던 삼 동서는 날이 밝자마자 관가에 가서 원님에게 소지를 정(呈)하였기에, 원님이 읽어본즉, 딱한 사정을 말하고 있었다. 그리고 끝에 이런 글이 첨가되어 있었는데 왈, '군중 일소군 황우일모, 삼과부일자 십맹일장(軍中一小軍黃牛一毛三寡婦 字十盲一杖)'이었다.

 "군대에서 어린 군사 하나는 황소의 털 하나만큼이나 미미

하지만, 세 과부의 외아들 하나는 마치 열 소경이 함께 짚고 다니는 지팡이 하나만큼이나 소중하여라."
 그러자 원님은,
"옳다. 국법에도 사정이 있다. 어서 '열 소경에 한 막대'를 내보내라."
했다는 것이다.

청상과부의 재가

옛날에 어떤 정승이 살았는데 그는 참으로 도덕군자요, 학문이 도도하고 나라의 윤리를 매우 강조하는 분이었다. 이전 유교사회에서는 여자가 과부가 되면 시집을 다시 가지 못하게 했는데 그러한 법을 주장하는 재상이었다.

온 천하 사람은 재상을 존경하였다. 이 재상은 소원을 다 이루었지만 오직 자식농사만은 뜻대로 되지 않아서 무남독녀 하나, 아들도 없이 외동딸만 하나 두어서 쥐면 꺼질까 놓으면 날까 그저 애지중지하게, 금이야 옥이야, 하늘 아래 둘도 없이 끔찍하게 길러서 시집을 보냈는데, 이것은 또 무슨 날벼락인가?

자식 키워본 사람이 제일 두려운 것은 시집간 딸이 잘살지 못하는 것이오, 그중 가장 무서운 것은 청춘과부가 되는 것인데, 바로 이 딸이 첫날밤에 그만 신랑을 잃고 만 것이다. 허참, 이런 비극이 있을까? 신랑감을 탈탈 골라서 시집을 보낼 때 바리바리 짐바리로 가득가득 예물을 해서 집안도 좋은 곳으로 시집을 보냈더니, 이런 낭패가 있을까?

  신랑 얼굴 한 번 변변히 보지 못한 가운데, 옷자락 한 번 만져본 일도 없이 홀몸이 되었으니 이 일을 어찌할까? 신랑집에서는 아무리 수절과부가 되겠다고 하더라도 손자도 볼 수 없는 이 며느리, 재상집 무남독녀를 아들 없는 며느리로 부릴 수 없으니 어서 데려가라는 것이었다.

  가까스로 삼 년 상이나 지내고 간다고 하여도 막무가내라, 할 수 없이 이 재상은 과부딸을 데려오고야 말았다. 엊그제 오색 무지개 꿈을 안고 가마 타고 시집갔는데, 며칠 만에 과부가 되어서 친정에 돌아올 줄 그 누가 알았으리오?

  과부딸은 처녀 시절에 살던 후원 별당에서 책이나 보며 바느질이나 하며 외롭고 쓸쓸하고 사무친 고독 속에서 세월을 보내야만 했다.

  이런 딸을 보는 재상은 가슴이 미어졌으나 어찌할 수 없는 법, 딸에게 바둑을 가르쳐주고는 같이 대국하는 것으로 딸의 적적함을 달래줄 뿐이었다. 바둑, 그렇다. 시간 보내기야 좋지만 오동추야(梧桐秋夜), 동지섣달, 장장야심(長長夜深)을 어찌하란 말인가? 시국 이야기며, 재미난 세상 이야기며, 책이랑 바둑 이야기도 한두 번이지, 오 년 가까이 딸에게 매일같이 들려주다 보니 그것도 다 바닥이 나고 말았다. 그저 부녀간에, 모녀간에 서로 모르게 한숨만 쉴 뿐이었다.

되는 집안은 가지나무에 수박 열린다 260

하루는 재상이 국사가 밀려서 늦게 퇴사(退仕)하여 집에 들어와서 밤은 늦었지만 이제라도 기다리고 있을 딸을 찾아가서 바둑이나 한판 둘까 하고 후원 별당으로 가다가 보니, 아, 웬 갓을 쓰고 도포를 입은 남자가 딸 방에 있지 아니한가? 딸 방의 영창, 곧 문에 어른거리는 남자의 옷자락.

"아, 우리 집은 망했다. 이제 보니 딸이 남자를 들이고 있었구나. 나는 그런 줄도 모르고 있었으니, 이왕 이리 된 것이라면 저 남자가 어떤 놈인지 정체라도 알아보자."

이리하여 발길을 돌리려다가 다시 딸 방으로 가며 여러 가지 생각을 하다가 드디어 딸 방 앞에서 잔기침을 하니 방이 갑자기 수선스러워진다. 이윽고 딸이 문을 열며,

"어찌 이리 늦으셨나이까?"

하고 아버지에게 절을 했다. 그래서 방 안에 들어가서 모른 척하고 딸하고 바둑을 두는데, 재상은 재상대로 불안하고 궁금하고 또 노엽기에 바둑이 잘 안되고, 딸은 날내토 불안히고 두렵고 무서워서 바둑이 잘 되지 않았다. 그러는 가운데 벽장을 보니, 아, 남자의 도포 자락이 닫은 문틈 사이로 쭈뼛이 나와 있지 아니한가?

그러자 딸이 얼굴을 붉히며 울먹인다. 잠시 후에는 아예 엎드려 아버지 무릎 앞에서 운다. 얼굴은 붉다 못해 새빨갛구나. 왜 이리 우는가? 재상은 일어나서 그 벽장 문을 연다. 웬 남자 하나가 덜컥 떨어진다. 그러더니 일어날 줄도 모르고 가만히 있지 아니한가? 이상하여 허리를 굽히고 보니, 아, 이 남자란, 허수아비가 아닌가?

"아버지, 이 잡스런 짓을 한 딸을 벌주소서. 남들은 시집가서 낮이면 밭에 나가 고되게 일하고, 밤이면 신랑하고 손도 어루만지며 오손도손 말도 나누고, 세월이 가면 자식이 무릎앞에서 엉금엉금 기어다니고, 살림이 부쩍부쩍 알뜰알뜰 늘어나고, 그러는 가운데 부부금실이 새록새록 새로워지고, 실가지락(室家之樂)을 맛본다는데, 저는 그저 그들이 부러울 뿐입니다. 그래서 바느질하던 잣대를 열십자로 묶어 뼈대를 만들고, 솜으로 살을 만들고, 천으로 살갗을 만들어 남자 형체를 만든 다음에, 남의 집 낭군같이 도포도 입혀보고 갓도 씌워보고 상투도 틀어보았습니다. 그러면서 일하는 시늉도 같이 해보고 밤이면 안아도 보고…"

진정 눈물이 나오는 이 늙은 아버지, 딸의 얼굴을 들어 눈물을 닦아주면서 눈앞이 캄캄한 채로 딸 방을 나오고 말았다.

이튿날 재상이 갑자기 부인에게 하는 말이,

"국사에 전념하다 보니 처가에 가본 지도 오래되었소. 그러니 이번에 한번 가봅시다. 당신이 먼저 내일 일찍 친정에 가 있으면 내가 뒤따라가겠소. 집은 딸아이보고 한 이틀 보라고 그러지, 뭐"

하는 것이 아닌가? 이리하여 부인은 친정으로 갔고 그날 밤 재상은 지금까지 집안일을 착실히 해온 남자종을 불러서 말하였다.

"애야, 너한테 한 가지 소청이 있다."

갑자기 주인인 재상이 부르니까 이 종은 무슨 잘못이 있어서 벌주려는 줄 알고 덜덜 떨고 있었는데, 소청, 바로 부탁이 있다고 하지 아니한가? 그저 묵묵히 꿇어앉아 있을 뿐이었다.
"들어라. 여기에 금은 보화가 가득 있다. 아마 한평생 먹고 살 수 있을 것이다. 그리고 저기 마당에는 좋은 말 한 필이 있다. 지금부터 너는 우리 집 종이 아니라 내 사위다. 저 후원 별당의 아씨를, 아니 네 아내를 데리고 멀리 멀리 다시는 못 올 데로 말 타고 가거라."

그러면서 무슨 말인가 하려는 종의 입을 막고는 딸을 불러 서로 맞절을 하게 하여 부부인연을 맺게 했다.

"이 아이가 네 신랑이요, 내 사위다. 이제 다시 너희 부부를 못 본다는 것이 한스럽다만, 네 어미는 만날 생각 말고 어서 떠나거라. 아무도 모르게 멀리 멀리. 내 딸아, 멀리 멀리…"

그러는 재상 앞에 두 내외가 큰절을 올리며,
"아버님, 부디 만수무강하옵소서…"
하고 절을 하고 떠났다.

이튿날 재상의 딸이 고독한 나머지 심화병이 솟이서 갑자기 죽었다는 소문이 나고, 그 장례를 아버지가 몸소 치렀다고 하니 친정에 간 부인은 죽은 딸 얼굴도 제대로 못 보고 기절을 하고 말았다. 그리고 그렇게 세월만 흘러가고 있었다.

한 이십 년이나 흘렀을까? 재상은 이제 병들어 죽게 되었다. 임종을 앞에 둔 재상은 무척 한이 서린 얼굴을 하고 있었는데 그때 웬 떠꺼머리 총각 하나가 임종을 지키려고 둘러싼 사람들을 헤치고 방안에 들어서더니 죽어가는 재상 귀에 대고 뭐라고 속삭였다.

그러자 재상이,

"어디 어디…"
하면서 그 총각을 똑바로 보려고 했다. 그리고 잠시 후 그 놀라움이며 기쁨이며 슬픔이 뒤범벅된 얼굴로 그만 세상을 뜨고 말았다. 총각은 더 이상 말을 하지 않고 울고만 있었다. 다만 재상의 부인만이 그 총각이 한 말을 간신히 들을 수 있었다.
"외할아버지, 저 멀리 멀리 간 아무개 아들입니다. 외할아버지."